读客

读客外国小说文库

激发个人成长

时光倒流的女孩

[美]加·泽文 著 | 路旦俊 胡泽刚 译

ELSEWHERE

Gabrielle Zevin

江苏凤凰文艺出版社
JIANGSU PHOENIX LITERATURE AND ART PUBLISHING, LTD

图书在版编目（CIP）数据

时光倒流的女孩 /（美）加·泽文 (Gabrielle Zevin)
著；路旦俊，胡泽刚译 . -- 南京：江苏凤凰文艺出
版社，2017.4
（读客全球顶级畅销小说文库）
书名原文：Elsewhere
ISBN 978-7-5594-0057-4

Ⅰ . ①时… Ⅱ . ①加… ②路… ③胡… Ⅲ . ①长篇小说—美国
—现代 Ⅳ . ① I712.45

中国版本图书馆 CIP 数据核字 (2017) 第 051558 号

图字：10-2017-092

书　　名 时光倒流的女孩

著　　者（美）泽文 (Zevin,G.)
译　　者 路旦俊　胡泽刚
责任编辑 丁小卉　姚　丽
特邀编辑 夏文彦　朱亦红
责任监制 刘　巍　江伟明
策　　划 读客图书
版　　权 读客图书
封面设计 读客图书　021-33608311
出版发行 江苏凤凰文艺出版社
出版社地址 南京市中央路 165 号，邮编：210009
出版社网址 http://www.jswenyi.com
印　　刷 三河市吉祥印务有限公司
开　　本 890mm x 1270mm 1/32
印　　张 9.5
字　　数 181 千
版　　次 2017 年 4 月第 1 版　2018 年 3 月第 5 次印刷
标准书号 ISBN 978-7-5594-0057-4
定　　价 38.00 元

如有印刷、装订质量问题，请致电 010-85866447（免费更换，邮寄到付）

TO HCC

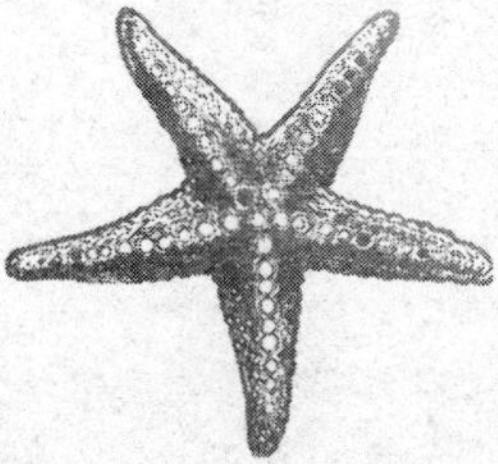

目 录

elsewhere

引子：生命的结束

“结束得很快，没有任何痛苦。”父亲有时候会这样悄声对母亲说，母亲有时候也会这样悄声对父亲说。露西在楼梯顶上全听见了，可她什么也没说。

因为那是小莉齐，露西倒是希望自己能够相信那一切结束得很快而且没有痛苦：结束得快就说明结束得很好。可她不禁纳闷：他们是怎么知道的呢？凭理智来推断，被车撞上的那一刻一定很疼。要是那一刻不是很快就过去呢，那又怎么办？

她信步走进小莉齐的房间，沮丧地环顾四周。对于一个十几岁的女孩来说，生活的全部内容就是一堆零碎的杂物：挂在电脑显示器上青绿色的胸罩，没经整理、乱糟糟的床，装满了蚯蚓的鱼缸，一个放了气的聚酯薄膜气球（是去年情人节的时候别人送的），挂在门把手上“闲人免进”的牌子，床下两张没有用过的“机器乐队”音乐会的入场券。到头来，这一切究竟有什么意义呢？这一切又有多重要呢？难道一个人就只是一堆破烂吗？

每当露西有这种感觉的时候，她就会刨地，一直刨到她忘记了所有的事情和所有的人，刨穿了那粉红色的毯子，刨到了楼下的天花板，刨到她再也刨不动了。她就这样刨呀刨呀刨呀刨。

最后，露西刨地的习惯有了清洁的作用。阿尔维（七岁的弟弟）把她从地毯上抱了起来，放在自己的膝盖上。“别着急，”阿尔维说，“虽然你的主人是小莉齐，可永远会有人喂你吃饭，给你洗澡，带你到公园去。你还可以在我的房间里睡觉。”

露西端端正正地坐在阿尔维的小膝盖上，心里想象着小莉齐只是离开家去上大学了。小莉齐快十六岁了，再过两年真的要去上大学。她房间的地板上早已开始堆积一些用有光纸印刷的招生手册。有时候，露西会在其中一本手册上撒尿，或者把另一本手册的角咬掉，可她当时就知道自己的这些举动完全是徒劳。小莉齐总有一天要走的，而学生宿舍里根本不准养狗。

“你觉得她在哪儿？”阿尔维问。

露西把头一歪。

“她在……”他停顿了一下，“上面吗？”

露西只知道上面是阁楼。

“嗯，”阿尔维说着傲慢地抬起下巴，“我相信她在天上。我还相信天上有天使，有竖琴，有一缕缕的云彩，有白色的丝绸睡衣，什么都有。”

听起来倒像是那么回事，露西心想。她不相信什么快乐的猎场和彩虹桥。她相信会有一只哈巴狗走来走去，就这样。她希望将来某一天能再见到小莉齐，可对此又不抱太大的希望。就算一切结束之后还会有一些东西存在，谁知道还有没有狗食、午睡、新鲜的水、舒适的大腿，甚至，还有没有狗？最糟糕的是，这一切这里都没有！

露西呻吟着，主要是因为痛苦，但部分原因（必须指出）是饿了。这个家庭失去了唯一的女儿，哈巴狗的吃饭时间就没有了规律。露西骂自己这捣乱的肚子：最好的朋友死了，而她却肚子饿了，自己到底是什么样的狗啊？

“你要是会说话就好了，”阿尔维说，“我敢肯定你一定在想着很有趣的事情。”

“你要是能听懂我的话就好了。”露西汪汪地叫着，可阿尔维毕竟听不懂。

第二天，妈妈带着露西去了狗狗公园。自从小莉齐的生命结束以来，这还是第一次有人记得带露西去溜达。

露西一路上都可以嗅到妈妈的悲哀笼罩着她们。她极力想确定这种气味能使她想起什么。是雨吗？荷兰芹？波旁威士忌？旧书？羊毛袜子？是香蕉，她最后认定。

在公园里，露西躺在凳子上，感到了没有朋友的寂寞，心里很沮丧，另外（总没个完吗）还有点饿。一条名叫科科的小个子卷毛狗问露西怎么了，露西叹了口气就告诉她了。这条卷毛狗是个臭名昭著的八卦少女，很快就把这个消息传遍了整个狗公园。

班迪特是一条纯美国种的狗，只有一只眼睛。那些没有教养的狗都管他叫傻帽儿。他很同情露西的遭遇，问露西道：“他们把你撂在街上了？”

“没有，”露西回答道，“我还跟那家人住在一起。”

“那我就不明白能糟到哪儿去。”班迪特说。

“她只有十五岁。”

“那又怎么样？我们只活十岁，顶多十五岁，然后就走到了生命的尽头。”

“可她不是狗，”露西大叫，“她是个人，是我的主人，被车撞了。”

“那又怎么样？我们总是有被车撞着的。振作起来，小哈巴狗。你忧伤过度，所以身上才有那么多皱纹。”

露西以前多次听到过这样的笑话，她想：自己怎么从来没见过一条有幽默感的傻帽儿。这个想法有点不友好，因为班迪特并不坏。

“我建议你再找个两条腿的主人。如果你是我的话，你就知道人都一个样。没有狗食，我就走。”说到这儿，班迪特离开了露西，去跟大伙儿一起玩飞碟游戏。

露西叹了口气，为自己感到惋惜。她看着别的狗在公园里玩。“瞧，他们彼此嗅着尾巴，追赶球，绕着圈子跑来跑去！多么天真！

“根据自然规律，狗的寿命不应该比人长！”她嚎叫着，“不亲身经历，谁也不懂这个道理。再说，谁也不在乎。”露西摇了摇她那圆圆的小脑袋，“这真令人沮丧。我连尾巴都懒得翘起来。”

“到了最后，生命的结束只有朋友和家人在乎，只有那些认识你的人才在乎，”哈巴狗伤心地抽泣着，“对于其他人来说，那只不过是一个普通的结局罢了。”

第一部

尼罗河号

在海上

伊丽莎白·霍尔在一个陌生房间一张陌生的床上带着一种陌生的感觉醒了过来，觉得床单似乎要将她闷死。

莉兹（老师喊她伊丽莎白；家里人喊她小莉齐，除非她遇到了麻烦；而外人都喊她莉兹）在床上坐了起来，脑袋一下子撞在了事先没有看见的上铺上。上面一个陌生的声音不耐烦地说："啊哟，见鬼！"

莉兹偷偷朝上铺看了一眼，发现上面有一个她从未见过的女孩在睡觉，或者说在装睡。这个睡觉的女孩跟莉兹年纪差不多，穿着一件白色的睡衣，黑色的长发编成好多条小辫子，上面缀满了珠子。在莉兹的眼里，她就像个王后。

"对不起，"莉兹问道，"你知道我们这是在哪儿吗？"

女孩打了个哈欠，把眼里的睡意揉去。她看了看莉兹，看了看天花板，看了看地板，又看了看窗户，再回头望着莉兹。她摸了摸头上的辫子，叹了口气。“是在船上。”她回答着，忍住了又一个哈欠。

“你说‘在船上’是什么意思？”

“有水，很多很多的水。瞧窗外。”她回答道，然后用被子裹住自己，“当然你不应该吵醒我的，你应该想到往窗外看看。”

“对不起。”莉兹低声道。

舷窗跟莉兹的床平行。她朝舷窗窗外望去，看见四面八方都是黎明前的黑暗，以及一望无际的海洋，上面笼罩着一层大雾。她眯着眼睛看到一条木板人行道，上面还有爸爸、妈妈和弟弟阿尔维的影子。他们像幽灵一样每一秒都在变化，变得越来越小。爸爸在哭，妈妈抱着爸爸。虽然隔得很远，阿尔维似乎看着莉兹，朝她挥手。十秒钟后，大雾完全吞没了她的家人。

莉兹躺到床上。虽然她觉得自己已经完全醒了，可又觉得自己还在梦中，原因有好几个：第一，她本该坐在教室里读完十年级，不可能来到船上；第二，如果现在是在度假，那么爸爸、妈妈和阿尔维也应该跟她一起；第三，只有在梦中你才能看到不可能看到的东西，比如看到你的家人站在几百英里外的木板人行道上。正当她努力想出第四条原因时，她决定起床。她想，睡着了做梦是一种浪费。

为了不再打搅那个仍在睡梦中的女孩，莉兹踮着脚走到舱室另一边的书桌前。这里的家具让她真正明白自己的确是在海上：书桌跟地板是黏合在一起的。她并不觉得这个房间很别扭，但它有一种寂寞和悲伤的情调，仿佛许多人曾经在这里住过，但谁也不想留在这儿。

莉兹打开桌子的抽屉，里面是空的，连一本《圣经》都没有。虽然她尽量小心不发出声响，但最后那个抽屉还是没抓住，“啪”的一下关上了。这一下又把那个睡觉的女孩吵醒了。

“人家在睡觉！”那女孩高声叫喊。

“对不起。我只是想看看这些抽屉。这些抽屉都是空的。”莉兹连声道歉，坐回下铺，“对了，我很喜欢你的发型。”

那个女孩用手指梳理了一下头上的小辫子。“谢谢。”

“你叫什么名字？”莉兹问。

“桑迪维·华盛顿，不过大家都叫我桑迪。”

“我叫莉兹。”

桑迪打了个哈欠。“你十六了吗？”

“八月份才满十六岁。”莉兹回答说。

“我一月的时候满十六岁的。”桑迪看着莉兹的铺位，“莉兹，”她说莉兹的名字时声音拉得很长，像是南方口音，“我能问你一个私人问题吗？”

“问吧。”

“是这样……”桑迪停顿了一下，“嗯，你是秃头吗？”

“秃头？不，当然不是。”莉兹扬起一只眼睛上的眉毛，“你干吗问这个？”

“因为……因为你没有头发。”她指着莉兹的脑袋，光秃秃的，只有几根金黄色的细毛，是很早以前长出来的。

莉兹摸着光滑的脑袋，觉得光滑得有些怪异，却很舒服。头上的细毛摸上去就像小鸡身上的绒毛。她从床上爬起来，照着镜子，看到一个很苗条的女孩，十六岁左右，白皙的皮肤，淡蓝色的眼睛。镜子中的女孩的确没有头发。

“这就有点怪了。”莉兹说。在现实生活中，莉兹有着一头又长又直的金发，很容易缠结起来。

“你以前不知道吗？”桑迪问。

莉兹琢磨着桑迪的问题。在她的脑海深处，她回忆起自己躺在一间房子里的小床上，那个房子亮得刺眼，爸爸正在剃她的头发。不。她记得不是爸爸。她以为那是爸爸，因为那个人的年纪跟她爸爸差不多。她记得很清楚，当时自己哭了，还听到妈妈说：“别着急，小莉齐，会长出来的。”不，那也不对劲。莉兹当时没有哭；哭的是她妈妈。有一阵子她极力回忆这一幕是不是真的发生过。她决定不再去想这一茬了，于是便问桑迪：“你想看看船上还有别的什么吗？”

“可以呀，我起床了。”桑迪从床上爬了下来。

“不知道这附近有没有帽子？”莉兹说。即使是在梦中，她也不知道自己是不是想做一个秃头的怪女孩。她打开柜门，看了看床底下，都是空的，跟抽屉一样。

“别为你的头发难过，莉兹。”桑迪柔声地说。

“我不难过。我只是觉得这件事有些古怪。”莉兹说。

“喂，我也碰到过怪事。”桑迪像拉开剧场里的幕布一样捋起头上那些浓密的辫子，“瞧瞧。”她说着，露出颅骨底部一个很小但很深的红色伤疤。

尽管伤疤的直径不到半英寸，莉兹却知道那一定是受了很严重的伤后留下的。

“天哪，但愿不疼吧。”

“开始的时候疼，疼得要死，现在好了。”桑迪低下头去，“我想好多了。”

“怎么搞的？”

“不记得了，”桑迪说着，用手搓揉着头顶，仿佛这样可以刺激自己的记忆似的，“可能是很久以前的事，但也可能是昨天的事，明白我的意思了吗？”

莉兹点了点头。虽然桑迪没有把话说清楚，但她也知道在梦中跟疯疯癫癫的人争吵是没有意义的。

“咱们应该出去。”莉兹说。

出门的时候，桑迪粗略地扫了一眼镜子里的自己。“你觉得咱俩都穿睡衣不要紧吧？”她问。

莉兹看了看桑迪的白色睡衣，她自己也穿着一身男式睡衣。“要什么紧？”莉兹问。她心想衣服穿得少一点总比秃头要好得多。“再说了，桑迪，你做梦的时候还穿别的衣服吗？”她把手放在门把手上。以前在某个地方有人曾经告诉过她，在梦里是千万不能开门的。既然她想不起来这个人是谁，也不知道为什么所有的门都得关上，她决定不理睬这个建议。

柯蒂斯·杰斯特

莉兹和桑迪走在过道上，左右两边有成百上千的门，都跟她们刚才关上的那扇门一样。

“你觉得我们怎样才能再找回去呢？”桑迪问。

“我们又不是非得回去，”莉兹回答，“我在回去之前就会醒来的，你说呢？”

“嗯，要是你醒不来呢，咱们的房间号码是130002。”桑迪说。

莉兹指着走廊尽头一块牌子，上面有手写的字：

提示

尼罗河号上的全体乘客！

餐厅在露天游泳池甲板上

请再往上走三段楼梯

“饿吗？”桑迪问。

“都快饿死了。”莉兹对自己的回答感到很惊讶。她记得以前做梦时从来没有饿过。

船上餐厅里最引人注目的是人：都是老人。有几个跟她爸爸妈妈的年纪差不多，但大多数都比他们老。有的留着花白头发，有的没有头发，基本特征是褐色的老年斑和松垮的皮肤。莉兹去过很多地方，包括博卡市的外婆家，但从没见过一个地方会聚集着这么多的老人。她扫了一眼餐厅。“咱们是不是走错了？”她问。

桑迪耸了耸肩膀。“说不上，可他们都朝这儿来。”果然，三个妇女径直朝桑迪和莉兹走过来。这三个女人使莉兹想起了《麦克白》里的女巫。这个剧本是十年级优等生英文课的课文，她刚刚读完。

“你们好，亲爱的，”一个带着纽约口音的小个子妇女说，“我叫多丽丝，这是默娜，这是弗洛伦斯。”多丽丝踮起脚，够到莉兹脱发的头上，拍着她的头顶。“天哪，你不瞧瞧她多年轻？”

莉兹礼貌地微笑着，朝后退了几步，不让她继续拍自己的脑袋。

“你多大了？”小个子多丽丝眯起眼打量着莉兹，“十二岁？”

“我十五了，”莉兹纠正了她的猜测，“快十六了。有头发的话，我年纪会显得大一些。”

那个叫弗洛伦斯的妇女尖起嗓门说：“你们这两个孩子究竟发生了什么事？”可她那沙哑的声音就像是抽了一辈子烟似的。

“你说‘发生了’是什么意思？”莉兹追问道。

“我头上挨了一枪，太太。”桑迪主动回答说。

“大声点儿。”默娜说。她嘴上的八字须活像一个白绒毛的小毛虫。“我的耳朵有点背。”

“我头上挨了一枪。”

莉兹转身面对着桑迪。“你刚才说你不记得头上那个洞是怎么搞的。”

桑迪表示道歉：“我刚刚想起来。”

“头上挨了一枪！”弗洛伦斯用那沙哑的声音说，“哦，可真险哪。”

“哦，算不了什么。我那儿经常有这种事。”桑迪说。

“什么？”长着八字胡的默娜问，“朝我的左耳再说一遍，这个耳朵是好的。”

“我说，算不了什么。”桑迪大声喊叫着。

“也许你应该到医疗中心去看看？”弗洛伦斯建议说，“后甲板上有一个。默娜去过两次了。”

桑迪摇了摇头。“我想它自个儿在慢慢好起来。”

莉兹听不懂她们在说些什么。她的肚子嚷嚷得更厉害了。

“对不起，我走了。”她说。

小个子多丽丝朝自助餐那边排队的人群挥了挥手。“你们女孩们得去吃点东西了。记住，要想吃好的，就早点来。”

莉兹为自己的早餐挑了点煎饼和木薯布丁。桑迪要了点寿司、圆巧克力和烤豌豆。莉兹惊讶地看着桑迪挑选的食物。“这样的食品搭配真有趣。”莉兹说。

“我们家吃的东西还没有这自助餐厅里一半多，”桑迪说，“在到达那里之前我要把所有的东西都尝一尝。”

“桑迪，”莉兹漫不经心地问，“你说到达哪里？”

桑迪想了想莉兹的问题。“咱们在船上，”桑迪说，“而船总是要去一个地方的。”

两个女孩在凸窗旁边的一张桌子旁坐了下来，这里离其他就餐的人稍微远一点。莉兹用破纪录的速度飞快地吃完了煎饼，觉得自己像是有好几个星期没吃过饭一样。

莉兹刮着碗底的布丁，眼睛看着桑迪，说：“我认识的人中没有谁的脑袋挨过一枪。”

“这事儿等我吃完了再说，好吗？”桑迪问。

“对不起，”莉兹说，“我只是想聊天。”

莉兹凝视着窗外。雾已经散去，她从没见到过如此清冽的水。她觉得非常奇怪，天空居然那么像大海。大海很像湿润的天空，而天空又很像拧干了的大海。莉兹心里纳闷：船究竟要开到哪里去，在船到达目的地之前自己还能不能够醒来，妈妈会怎么解释这个梦呢？她妈妈是儿童心理学家，知道这些事。莉兹的遐想被一个男人的声音打断了。

“你们介意吗？”他问。这人说话带英国口音。“这里就你们两位女士的年龄在八十岁以下。”

“当然不介意。我们已经吃完了……”第一次真正看清这个人时，莉兹说话的声音立刻变小了。他三十岁左右，闪亮的蓝眼睛跟又长又直的蓝头发很般配。莉兹跟她同龄的孩子一样，在任何地方都能认出这双眼睛来。“你是柯蒂斯·杰斯特，对吗？”

那个蓝头发的男人笑了。“我想过去是吧。”柯蒂斯伸出手，“那你会是谁呢？”

“我叫莉兹，这是桑迪，坦白地说我没有想到会碰上你。机器乐队大概是全世界我最喜欢的乐队了！”莉兹滔滔不绝地说着。

柯蒂斯微笑着往炸薯条上撒盐。“我的天，这是对我的恭维，”他说，“因为世界是个非常大的地方。莉兹，我自己很喜欢冲击乐队。”

“这是我做过的最棒的梦。”莉兹说着，为自己下意识地把柯蒂斯·杰斯特带到了梦里而感到高兴。

柯蒂斯歪着脑袋。“你说是梦？”

桑迪低声对柯蒂斯说：“她还不知道呢，我也只是刚刚琢磨出来的。”

“太有趣了，”柯蒂斯说着转过身面对着莉兹，“小莉齐，你以为你是在哪儿？”

莉兹清了清嗓门。爸爸妈妈才喊她小莉齐。突然之间她无缘无故地非常想念起爸爸妈妈来。

柯蒂斯关切地望着她。“你没事吧？”

“没事，我……”莉兹又一本正经地跟他对话，“新的专辑什么时候出来？”

柯蒂斯吃了一根炸薯条，接着又吃第二根。“永远都出不来了。”他说。

“乐队解散了吗？”莉兹早就看到过有关机器乐队可能要解散的传闻，可事情并没有发生。

“那只是一种说法。”柯蒂斯回答道。

“出了什么事？”莉兹问。

“我离开了。”

“为什么？你们都那么棒。”她生日那天买了机器乐队波士顿音乐会的门票。“我不明白。”

柯蒂斯捋起白色睡衣的左袖口，露出前臂内侧。只见他的肘部内侧到手腕都布满了沟壑一样的伤疤、紫色的伤痕和结了痂的伤口。二头肌和前臂之间的缝隙处有一个四分之一英寸大小的洞，全是黑的。莉兹想，他的手臂看上去已经死了。“因为我是个傻帽儿，小莉齐，我的好女孩。”柯蒂斯说。

“莉兹？”桑迪说。

莉兹只是呆呆地瞪着柯蒂斯的手臂。

“莉兹，你没事吧？”桑迪问。

“我……”莉兹欲言又止。她不喜欢看那条腐烂的臂膀，但又不由自主地要看。

“天哪，你把那条手臂拿开好吗？”桑迪对柯蒂斯说，“她看着你都快恶心死了。莉兹，坦白地说那并不比我头上的洞严重到哪儿去。”

“你头上的洞？”柯蒂斯问，“我能看看吗？”

“当然可以。”桑迪有点受宠若惊，立刻把莉兹给忘了，掀开头上的辫子。

想到要看那个洞又要看那只手臂，莉兹受不了了。“对不起，我走了。”她说。

莉兹跑到了外面，来到了船的主甲板上。身边的老人穿着各式各样的白睡衣在玩打圆盘游戏。她斜靠着船栏杆，眼睛盯着海水。海水离她太远，她看不到自己的倒影。不过如果她身体倾斜得更厉害点儿，她可以看到自己的影子——蓝色的水面中央一个模糊的小黑点。

我在做梦，她想，我的小闹钟随时会响，到那时我会醒来的。

醒来，醒来，醒来，她命令着自己。莉兹拼命捏自己的手臂。“啊。”她说。她扇自己的嘴巴。没感觉。又扇了一个嘴巴，还是没有感觉。她紧紧闭上眼睛，然后突然睁开，希望这样可以回到自己的床上，她的家在马萨诸塞州梅德福德市卡罗尔路。

莉兹开始恐慌了。眼眶里涌出泪珠，她狠狠地用手擦去眼泪。

我已经十五岁，是个大人了，有了见习司机临时驾照，再过三个月就可以拿到真正的驾驶执照了，她想。我这么大了，不应该再做噩梦。

她眯起眼睛，然后又闭上，尖声叫道："妈妈！妈妈！我在做噩梦！"莉兹等着妈妈把她摇醒。

随时。

莉兹的妈妈随时可能来到床边，给她端来一杯水，安抚她。

随时。

莉兹睁开一只眼。她仍在船的主甲板上，大伙儿开始瞪她。

"小姐，"一个戴着角质镜架眼镜的老头说，这人看上去像个代课教师，"你打扰别人了。"

莉兹靠着栏杆坐下来，双手捂住脑袋，深深地吸了一口气，告诉自己要安静下来。她认为最好的方法是尽可能多记住一些梦中的细节，然后在早上讲给妈妈听。

可是梦是怎样开始的？莉兹冥思苦想着。正在做梦的时候去回忆梦境，这太离奇了。哦，对了！她想起来了。

梦是从她在卡罗尔路的家里开始的。

她骑着自行车到剑桥画廊去，跟最好的朋友佐伊会面。佐伊要买一套衣服去参加班级舞会。（莉兹自己还没有收到邀请呢。）莉兹记得自己来到了商店旁的一个十字路口，街道对面就是自行车架。不知从哪儿开来一辆出租车，朝她高速驶来。

她记得自己当时有一种在空中飞翔的感觉，这种感觉一直持续，仿佛时间无穷无尽。她记得自己当时既无畏，又高兴，又绝望。她记得自己当时想：我没有重力了。

莉兹叹了口气。客观地看，她估计自己在梦中死了。莉兹不知道自己在梦中死去是什么意思。她决定早上去问妈妈。突然，她纳闷自己是不是应该继续睡觉。也许，如果她设法睡着，等再次醒来的时候，一切就恢复正常了。多亏了桑迪，让她记住了自己舱室的号码。

莉兹在甲板上迈着轻快的步伐往回走，注意到了一个印有尼罗河号字样的救生圈。她看到这条船的名字时不由得笑了。上个星期她在厄尔利夫人的世界历史课上学到了古埃及历史。这门课有很强的娱乐性（战争、疾病、瘟疫、谋杀），不过莉兹觉得造金字塔完全是浪费时间和财物。莉兹认为金字塔跟松木骨灰盒和贵格会教徒装燕麦的盒子是一码事；反正等到法老去享受金字塔的时候，他已经死了。莉兹想，古埃及人应该生活在金字塔里，埋葬在小屋子里（或者埋葬在古埃及人居住的任何建筑物里）。

那个单元讲完时，厄尔利夫人朗读了一首关于埃及的诗，诗是这样开头的："我碰到一个来自古远之境的行者"。不知是什么原因，这行诗读起来让莉兹全身冰凉，那是一种很愉快的感觉，她一整天都在默诵："我碰到一个来自古远之境的行者；我碰到一个来自古远之境的行者"。莉兹想，正是厄尔利夫人的这节课让自己梦见了这艘尼罗河号。

纪念伊丽莎白·玛丽·霍尔

莉兹睡了一个又一个晚上，却从没有在梅德福德醒来；时光流逝，但她不知道究竟过了多久。她和桑迪把整条船都搜遍了，也没有发现任何日历、电视、电话、电脑或者收音机。莉兹唯一有把握的是，她不再是秃头了——她头上长满了四分之一英寸长的头发。她想：头发要多长时间才能长起来？在回到现实生活之前，一个梦要持续多长时间？

莉兹躺在床上，盯着上铺，听到桑迪在抽泣。

“桑迪，”莉兹问道，然后朝上伸长脖子，“你没事吧？”

桑迪哭得更伤心了。最后，她终于能说出话来了。“我想——想——想我男朋友。”

莉兹递给桑迪一块手巾纸。虽然尼罗河号上没有现代电器设备，手巾纸却很多。“他叫什么名字？”

“雷金纳德·克里斯多夫·多勒尔·蒙芒特·哈里斯三

世，”桑迪说，“可我管他叫瘦子，虽然他一点也不瘦。你有男朋友吗，莉兹？”

莉兹花了一点时间去考虑这个问题。到目前为止她的浪漫经历少得可怜。读二年级的时候，拉斐尔·阿努乔在情人节送过她一盒心形糖。虽然这起初像是一种很有希望的暗示，但第二天早上拉斐尔要她把糖退给他。可那已经太晚了，她都吃完了，只剩下一颗（你真是太好了！）。

后来在八年级的时候，为了在那些小女生跟前显得老成一点，她捏造了一个男朋友。莉兹宣称在安多弗市的表姐家认识了斯蒂夫·德屈特（这是她给自己想象中的男朋友取的名字）。斯蒂夫·德屈特是个杜撰出来的人物，但莉兹把他说得活灵活现。他老是骗莉兹，说她太胖，让她代做他的家庭作业，甚至还借了她十块钱没还。

在上九年级之前的那个暑假，莉兹在夏令营里碰到了一个男孩，是个学生辅导员，名叫乔什。有一次在篝火前面，他握住了莉兹的胳膊肘，莉兹感到一种莫名其妙的快乐和惊讶。回家后她给这个男孩写了一封热情洋溢的信，可惜这个男孩没给她回信。莉兹后来想，乔什是不是在无意中握住了她的胳膊肘，也许他以为莉兹的胳膊只是椅子扶手呢。

至今跟她关系真正密切的要数爱德华，他是个长跑运动员，曾经徒步穿过全国。他们在一起上过数学课。一月，就在春季开学之前，莉兹跟他断绝了往来。她再也不想跟他去约会了。在莉兹看来，徒步穿过全国一定是世界上最枯燥乏味的运动项目。莉兹不知道爱德华对她的死是不是很在乎。

“莉兹，”桑迪问，“你究竟有没有男朋友？”

“不能说有。”莉兹承认说。

“你太幸运了。我想瘦子根本就不会想我。”

莉兹没有吱声。她也不知道自己是不是算幸运。

她从床上爬起来，照了照桌上的镜子。除了现在的发型，她还不算太难看，可是班里的男生对她总是不太感兴趣。莉兹叹了口气，仔细察看着刚长起来的头发。她伸长脖子，想看看后脑勺是什么样子。左耳朵上方一道针缝的口子，呈弧形。这道口子已经开始愈合，上面长起了头发，但缝线还在。莉兹小心翼翼地摸着缝线，好像会很疼似的，其实并不疼。

“桑迪，”莉兹问，“你以前看到过吗？”

“看到了，你一来我就看到了。”

莉兹惊讶自己以前居然没有注意到。“很奇怪，是不是，”她问，“你的后脑勺有一个洞，我的耳朵上方有一道口子，可咱俩却好好的？我是说，这道口子一点都不疼。”

“你不记得是怎样弄的吗？”桑迪问。

莉兹想了一会儿。“是在梦中，”她刚开口又打住了，“我想我可能是在……在一次自行车事故中弄的。”

突然，莉兹想坐下，她觉得很冷，觉得喘不上气来。“桑迪，”莉兹说，“我想知道你头上的洞是怎么弄的。”

“就像我跟你说过的那样。是中了子弹。”

“是的，究竟发生了什么事，我的意思是，你说具体点儿。”

“我能记得的就是，我跟瘦子在街上走。哦，对了，我们住在哥伦比亚特区。不知从哪里飞来一颗发疯的子弹。瘦子大声叫我躲开，接着嚷了起来：‘她在流血！哦，天哪，她在流血！’接下来就是你在这条船上把我吵醒了，问我你在哪儿。”桑迪用手指缠着一个小辫子，“莉兹，你知道，开始的时候我也想不起这些事情，但慢慢地就记得越来越多了。”

莉兹点了点头。“你能肯定你不是在做梦吗？”

“我知道那是你的看法，可我知道这不是在做梦。做梦就像做梦，可这不像是做梦。”

“但这不可能，对吧？你头上挨了一枪，我骑自行车时发生了车祸，可咱俩却好端端地走来走去，仿佛什么也没发生过似的。”

桑迪摇了摇头，但决定不回答她这个问题。

“再说，柯蒂斯·杰斯特为什么会在这儿？见到摇滚明星这种事不是只发生在梦中吗？”莉兹问。

“可是，莉兹，你知道他手臂上的那些痕迹吗？”

“知道。”

“我在巴尔的摩有个表姐，叫谢莉。她身上也有类似的痕迹。这些痕迹是你使用——”

莉兹打断了桑迪的话。“我不想知道那些事情。柯蒂斯·杰斯特跟你在巴尔的摩的那个表姐完全是两码事！”

“好的，不过别冲我发火。这话是你起的头。”

“对不起，桑迪，”莉兹向她道歉，“我只是想把事情弄个明白。”

桑迪发出一声悠长、悲哀的叹息。“女孩，你翻脸不认账。”她说。

莉兹还没来得及问桑迪这话是什么意思，有人就从舱室门底下塞进来一个米色的大信封。莉兹觉得幸亏这件事打断了她们的对话，于是急忙拿起信封。收信人地址是用深蓝色墨水写的：

旅客伊丽莎白·玛丽·霍尔

原住址为美利坚合众国马萨诸塞州

梅德福德市

现住址为尼罗河号第130002号舱

下铺

莉兹打开门，看了看走廊的前后，一个人也没有。

莉兹回到下铺，看着信封，从里面找到一个没有注明发信人地址和姓名的明信片，外面有一个牛皮纸的封皮，还有一枚六角形的硬币，硬币中央有一个圆洞，使她想起了在家坐地铁时的纪念徽章。硬币的正面刻着“一伊特尼姆”字样，背面是“另界官方货币”几个字。明信片好像是邀请函，但又没有交待具体场合：

亲爱的霍尔旅客

盛情邀请您光临

了望平台

#219双筒望远镜

今天

现在！

“谁会对‘现在’发生的事情发出邀请？那你非迟到了不可。”莉兹说着把邀请函递给桑迪。

“莉兹，其实，你一定会准时的。‘现在’是个具有相对意义的词。”桑迪说。

“你想去吗？”莉兹问。

“最好还是你一个人去。”

“那就随你的便吧。”莉兹还在生桑迪的气，巴不得自己一个人去。

“再说，我已经去过了。”桑迪坦白。

“你怎么不告诉我？是什么时候悄悄地去的？”莉兹问。

“不太久，”桑迪含糊地说，“什么时候没关系。”

莉兹摇了摇头。她明白自己已经晚了，没时间去继续追问桑迪。

出门的时候她转过身来面对着桑迪。“海洛因，”莉兹说，

“柯蒂斯手臂上的伤痕就是海洛因弄的，对吗？”

桑迪点了点头。“我原来以为你不知道呢。”

“杂志上有传闻说柯蒂斯·杰斯特吸毒上瘾，”莉兹说，“不过报刊上的东西不能全信。”

了望平台在船的顶层。虽然莉兹和桑迪把尼罗河号搜了个遍，但没有上到顶层去。（莉兹想，至少没有两人一起去。）莉兹纳闷：她们当时为什么没上去呢？突然，她很想上去。她意识到，只要自己上了了望平台，某种决定性的事情就会发生。

从她住的舱室到了望平台有好几段楼道，她一路跑上去，发现自己反复吟诵着厄尔利夫人上课时念的那句诗：“我碰到一个来自古远之境的行者；我碰到一个来自古远之境的行者。”到达顶层的时候，她汗流浃背，上气不接下气。

了望平台上有一长排双筒望远镜，就像是没有胳膊的卡通人物，又像停车计时器。每一个双筒望远镜都配有一个金属凳子。虽然各人的反应大不相同，但凡是看望远镜的人都入了迷。有的笑，有的哭，有的又哭又笑，还有的面无表情地瞪着前方。

双筒望远镜都按顺序编号。莉兹怀着恐惧和好奇，找到了第219号，坐在金属凳子上。她从口袋里掏出那枚硬币，塞进孔里，然后在镜头“咔嚓”一声打开的时候把眼睛对准了双筒望远镜。她看到的是像3D电影一样的场面。

电影的背景是一个教堂。莉兹认出这个教堂正是妈妈经常带她去的地方，妈妈觉得带她去教堂可以周期性地“加强她的精神生活”。莉兹看到后排座位上有好几个身穿黑色衣服的高中校友。随着镜头前移穿过教堂，她看到一些年纪较大的人。这些人有的是她在假日会餐中认识的，而她早已忘记了这样的会餐；有的是在开晚会的时候，她在过了平常睡觉时间后，从楼上俯视时看到过的。对了，这些人是她的亲戚或者是爸爸妈妈的朋友。最后镜头在教堂前面停住了。莉兹的妈妈、爸爸和弟弟坐在前排，妈妈没有化妆，紧紧握着爸爸的手。弟弟穿着一套藏青色礼服，衣服在他身上显得太短。

她高中的校长弗雷德里克博士，还有一个莉兹从没说过话的男人，站在讲坛上。“她是个全优学生，”弗雷德里克博士用那种开大会发言时常用的腔调说，“伊丽莎白·玛丽·霍尔是她父母亲和学校的光荣。”莉兹笑了。她的学习成绩从及格到优秀都有，但她从来就不是全优学生。除了数学和自然科学之外，她得的全是良好。

“可是这么年轻，这么有潜力，就死了，我们从中能得到什么教训呢？”弗雷德里克博士为了加强语气，在讲桌上“砰”地捶了一下，“我们从中得到的教训就是交通安全。”讲到这里，莉兹的爸爸突然抽泣起来，哭得上气不接下气，哭得歇斯底里。她一生中从没见爸爸这样哭过。

“为了纪念伊丽莎白·玛丽·霍尔，”弗雷德里克博士接着说，“我要求你们大家在横穿街道之前要看看两头，骑自行车的时候要戴头盔，要系好安全带，买车只能买那种连副驾驶座都有安全气囊的汽车……”弗雷德里克博士没有要停下来的迹象。真是空话连篇，莉兹心想。

莉兹把镜头摇到左边。她注意到，讲坛的旁边有一个长方形的白漆盒子，盒子两边刻有俗艳的粉红色玫瑰花。莉兹这时基本上知道了里头是什么，或者说是谁。她看了看盒子盖：一个毫无生命迹象的女孩头戴金色假发，身穿褐色天鹅绒衣服，躺在一块白缎子上面。莉兹心想，我一向讨厌那样的衣服。她又坐回到不太舒服的金属凳子上，连声叹气。直到现在，她才明白“她死了”。在此之前，那仅仅是一个猜想。她死了，但此时此刻她什么感觉都没有。

莉兹朝双筒望远镜看了最后一眼，想看清楚应该参加追悼会的人是不是都在。那位徒步穿越全国的长跑健将爱德华在那里，颇有男子汉气魄的他在用袖口擦鼻子。她的英文老师在那里，还有体育老师。令她惊喜的是教世界历史的老师也在。可是莉兹想，中级代数和生物老师怎么啦？（这是她最喜欢的两门课。）她到处都找不到她那位最好的朋友。应该说，她到商店去是佐伊的过错。佐伊这个鬼东西到哪儿去了？还没有到结束的时间，莉兹就厌恶地离开了双筒望远镜。她已经看够了。

莉兹心想，我死了。接着她把这句话大声讲出来，看那声音是什么样子：“我死了。死了。”

死是一件很奇怪的事情，因为她的身体并没有死的感觉。她的身体跟往常完全一个样。

莉兹在一长排双筒望远镜前面走过，忽然看到了柯蒂斯·杰斯特。他用一只眼看双筒望远镜，好像不是特别感兴趣，而另一只眼睛立刻看到了莉兹。

“喂，小莉齐。身后生活过得怎么样？”柯蒂斯问。

莉兹冷淡地耸了耸肩膀。虽然她并不知道“身后生活”具体是什么样子，但有一件事可以肯定：她再也见不到爸爸、妈妈，见不到弟弟和朋友了。在某种意义上，那就像她还活着，而她所熟悉的每个人都死了，她是那些熟悉集体葬礼上唯一的客人。她用了“真烦人”这句话作为答复，但她真实的感受远不是这样。

“葬礼怎么样？”柯蒂斯问。

“那只是一个简单的仪式，就是让我高中的校长大谈交通安全。”

“交通安全，是吗？听起来很神圣。”柯蒂斯歪着脑袋，有点不解的样子。

“他们说我是个‘全优生’，”莉兹接着说，“可我不是。”

“你没看新闻吗？年轻人一死就都成了优秀学生。这已经成了惯例。”

莉兹不知道自己的死是不是上了地方电视台的新闻节目。一个十五岁的女孩被汽车撞死了，有人关心吗？

“伟大的吉米·亨德里克斯说过，‘等你死了，人人都爱你：一旦死去，你就是最应该活着的人’。或者类似的东西。不过他活着的时候你可能还没出生。”

“我知道他是谁，”莉兹说，“是个弹吉他的。”

“不好意思，小姐，”柯蒂斯把帽子滑稽地斜戴在头上，“那么，想看看我的葬礼吗？”柯蒂斯问。

莉兹不知道看别人的葬礼是不是合适，不过她想应该礼貌点，于是便看着柯蒂斯的双筒望远镜。柯蒂斯的葬礼比莉兹的要考究得多：机器乐队的其他成员都到场了；一位当红歌星在演唱他的主打歌，歌词是专门为葬礼而改写的；一个著名的内衣模特在前排哭泣；奇怪的是，一头变戏法的熊站在柯蒂斯的棺材上。

“那头熊是怎么回事？”莉兹问。

“那头熊本来要出现在我下一盘录像带上。它的名字叫巴托罗缪夫，听说是业界最好的一头熊。乐队里有一个伙计以为我会喜欢这头熊。”

莉兹离开了双筒望远镜。“柯蒂斯，你是怎么死的？”

“我想，显然是死于吸毒过量。”

“显然是？”莉兹问。

“他们在新闻里就是这么说的，‘柯蒂斯·杰斯特，机器乐队的主唱，星期天凌晨显然因吸毒过量死于他在洛杉矶的住所，现年三十岁。’你瞧，是一场悲剧。”说着，柯蒂斯笑了，“你呢，小莉齐？你现在知道了吗？”

“骑自行车时出了车祸。”

“啊，这就是为什么葬礼的主题要定为交通安全。”

“我猜是这样。我妈妈以前总是要我戴头盔。”莉兹说。

“做妈妈的总是知道该怎么做。”

莉兹笑了。过了一会儿，她惊讶地发现眼里掉下了泪珠。她很快用手擦去眼泪，但眼眶里立刻又充满了新的泪水。

“用这个。”柯蒂斯说着伸出睡衣袖子给莉兹擦眼泪。

莉兹接过他的袖子，注意到柯蒂斯那受伤的手臂正在痊愈。“谢谢，”她说，“你的手臂好多了。”

柯蒂斯拉下睡衣的袖口。“我的小妹妹跟你差不多年纪，”柯蒂斯说，“还和你有点像呢。”

“我们死了，你知道吗？我们都死了。我们再也见不到他们中的任何人了。”莉兹哭道。

“小莉齐，那谁说得准？没准能见到。”

“说起来倒容易。你是自讨的。”话一出口，莉兹有点后悔。

柯蒂斯等了片刻，然后回答：“我是个瘾君子，可我并不想死。”

“对不起。”

柯蒂斯点了点头，眼睛并没有看莉兹。

“真的很对不起，”她说，“我真是太傻了，说出这样的话来。我那么想是因为你的很多歌都有那么点——嗯，阴沉。我不应该胡乱联想。”

“我接受你的道歉。知道该怎样道歉毕竟是一件好事，而知道的人的确很少。”柯蒂斯微笑着，莉兹也还了他一个微笑。

“事实上，我有时候是想死，有那么一点。但大多数时候不想死。”

莉兹想问他死后是不是还想吸毒，但又想到这个问题不合适。“你死了有很多人会伤心的。”莉兹说。

“是吗？”

“嗯，”她说，“比如说我就很伤心。”

“可我跟你在一个地方。所以对于你来说，我没有死，对不对？”

“对，我想是这样。”莉兹笑了。她觉得自己的笑有点古怪。现在还能有什么很逗的事吗？

“你觉得我们会永远待在这条船上吗？我的意思是，就这样了吗？”莉兹问。

“我估计不是这样，小莉齐。”

“可你怎么知道？”

“没准我的脑袋在骗我，”柯蒂斯说，“可是亲爱的，我能看见海岸。”

莉兹站在那里，越过双筒望远镜向远处望去，看到那里好像是陆地。她心中得到了暂时的慰藉。如果非死不可的话，最好能到一个地方去，任何地方都成，总比没有地方要好。

第二部

死者之书

欢迎来到另界

“到了！”莉兹走进舱室的时候，桑迪正透过上舷窗往外看。她从上铺跳下来，用手臂紧紧地搂住莉兹，在舱室里直打转，直到两个女孩都累得喘不过气来。

莉兹坐下来，一个劲地喘着粗气。“你怎么会这么高兴，咱们可已经……”她的声音越来越小，最后听不见了。

“你是说死了吗？”桑迪微微一笑，“那么你终于琢磨出来了。”

“我刚刚看了我的葬礼，不过我想在此之前我已经知道了。”

桑迪严肃地点了点头。“该花多长时间还是花了多长时间，”她说，“我的葬礼糟透了，谢谢你问我。他们把我打扮成小丑似的。还把我的头发弄得不成样子。”桑迪撩起辫子，然后对着镜子看后脑勺上的那个洞，“的确是变小了。”她肯定地说，随后放下了辫子。

“你难道不伤心吗？”莉兹问。

“我不知道伤心有什么用。事情已经这样了，没法改变。莉兹，我没有冒犯的意思，但我对这间小房子已经厌烦了。”

船上的喇叭在播报一个通知：“我是船长。我希望你们一路上过得很愉快。我代表尼罗河号上的全体船员欢迎大家来到另界。当地气温是67华氏度，多云，有偏西的微风。当地时间是下午三点四十八分。所有的乘客现在必须下船。这是最后一站，也是唯一的一站。”

“你不想知道外面是什么样子吗？”莉兹问。

“船长刚才说了，很暖和，有微风。”

“不，不是天气。我是说，其他的东西。”

“我不是很想知道。是什么样儿就是什么样儿，知不知道都没法改变。”桑迪伸手帮莉兹下床，“你出去吗？”

莉兹摇了摇头。“船上一定过于拥挤。我想就在这儿等一会儿，等大厅空了之后再出去。”

桑迪在床上挨着莉兹坐了下来。“我并不是很着急。”

“不，你还是走吧，”莉兹说，“我想单独待一会儿。”

桑迪注视着莉兹的眼睛。“你可别待在这里不走了哟。”

“不会的。我保证。”

桑迪点点头。她快要走出门的时候，莉兹喊她：“你觉得他们干吗要把咱俩安排在一起？”

“这我就不知道了。”桑迪耸耸肩，说，“大概那天死于脑部受伤的十六岁女孩就我们两个。”

“我十五岁。”莉兹提醒她说。

“我猜他们只能这么做。”桑迪把莉兹拉到怀里拥抱，“莉兹，见到你真是太好了。没准哪天我还能再见到你。”

莉兹想说她和桑迪一起度过了一段难忘的时光，可是又找不到合适的词语。“好吧，再见。”莉兹回答道。

就在桑迪关门的那一刻，莉兹很想喊叫，让她别走了。现在，除了柯蒂斯·杰斯特之外，桑迪是她唯一的朋友了。（莉兹还不敢肯定是不是能把柯蒂斯·杰斯特算作朋友。）桑迪走了，莉兹比任何时候都感到寂寞和凄凉。

莉兹躺在下铺。只能听到人们走出舱室，穿过船上大厅的声响。她决定等到没有声音了，再从舱室里走出去。她听到人们在开门和关门的时候留下了只言片语。

一个男人说：“只穿着睡衣，真有点难为情……”

一个女的说：“我希望有个体面的宾馆……”

另一个女的说：“你觉得我能在那儿见到胡比吗？哦，我真想他！”

莉兹心里纳闷：这个胡比是谁呢？她猜想胡比跟尼罗河号上的人一样死了，跟她一样死了。她想，你要是老了，死可能不是什么坏事，因为就她所知，绝大多数死人都是老人，所以有机会见到同龄人。你生前认识的其他人可能都在这个新地方——另界，不管叫作什么吧。也许等你老了，见到的死人比活人还多。这么一来，死就是一件好事了，至少不是那么坏的事。在莉兹看来，对于上了年纪的人来说，死跟退休后到佛罗里达去没什么两样。

可是莉兹才十五岁（不到十六岁），她并没有认识很多死人，当然除了她自己和船上的这些人之外。对于莉兹来说，死亡的前景似乎非常寂寞。

在开车去另界码头的路上，贝蒂·布鲁姆这个喜欢自言自语的女人说："要是我以前跟伊丽莎白见过面就好了，哪怕只有一次，我就可以说，'记得咱们见面的那次吗？'可现在我只能说，'我是你外婆。我们以前从来没有见过面，因为我得了乳腺癌，很早就死了。'坦白地说，跟别人谈话一开口就是癌症那怎么行呢？其实，我想最好还是不提癌症这一茬儿。只说我死了，就够了。充其量就说我们一样。"说到这儿，贝蒂叹了口气。一辆汽车朝她鸣笛。贝蒂没有加速，只是笑了笑，挥挥手让那辆车过去。"是的，我用这样的速度开车已经很满意了。如果你想快一点，那就快一点吧，没问题。"她接着说。

"但愿我有更多的时间为伊丽莎白的到来作准备。想到自己是某个人的外婆，那感觉有点怪。我觉得自己没有一点外婆的样子。我不喜欢烤面包，其实凡是跟做饭有关的事，我都不喜欢，什么小餐巾呀、家居服呀什么的。虽然我喜欢小孩儿，可我跟小孩儿玩不来。

“因为奥利维亚，我保证过，对孩子不严厉，不惩罚。我还保证不把伊丽莎白当孩子看。我保证跟她平等相处，保证支持她，不问她太多的问题。在她那一方面，我希望她会有点喜欢我，不管奥利维亚跟她说了什么。”有一阵子贝蒂沉默不语，心想，她唯一的孩子奥利维亚现在怎么样了？

到了码头，贝蒂借着后视镜看了看自己的容貌，看到的情形令她惊讶。“不是很老，也不年轻。这事儿真怪。”

一个小时过去了。又一个小时过去了。大厅变得安静，然后一片沉寂。莉兹在拟订一个计划。也许她要充当一回没票的乘客？最后这条船会返航的，对吗？如果莉兹就待在船上不走，也许她能回到原来的生活当中。莉兹想，事情也许就这么简单。她听到过一些关于死里逃生的故事，那些“幸运”地从死亡线上逃回来的人也许并不是幸运。他们知道只要待在船里不出去就成了。

莉兹想象着回家的旅程。大家都会说，“真是奇迹！”所有的报纸都会这样报道：当地一女孩死里逃生；宣称死亡是一次航行，而不是通往白光隧道。莉兹会写一本书（《死去的女孩》，作者莉兹·霍尔），拍一部电视剧（《决心活下来：伊丽莎白·玛丽·霍尔的故事》），还会在奥普拉的脱口秀中露面推销自己的书和电视剧。

莉兹看到门的把手在动，然后门开了。她不假思索地藏到床底下。在这个位置上可以看到一个跟她弟弟差不多年纪的男孩，穿着一套配有金色肩章的船长制服，头上戴一顶跟制服搭配的船长帽子。他坐在下铺，似乎没有注意到莉兹。

这个男孩端坐在那儿，只是双脚来回摆动。莉兹注意到他的脚够不着地板，所以能看清他的鞋底，左脚的鞋底上有一个“左”字，右脚鞋底上是一个“右”字，是黑色记号笔写的。

几分钟后那个男孩说话了。“我在等着你自报家门，”他的声音听上去很成熟，不像个孩子，“可我不能等一整天。”

莉兹没有回答。

“我是船长，”那个男孩说，“你不应该在这里。”

莉兹还是不回答。她屏住呼吸，极力不发出任何声响。

“是的，床下的女孩。船长在跟你说话呢。”

“什么船长？”莉兹低声说。

“当然是尼罗河号的船长啰。”

“你看上去还嫩了点，不像船长。”

“我可以告诉你，我的经验很多，资历很深。我当船长快一百年了。”

真是个滑稽演员，莉兹心想。“你多大年纪了？”

“我七岁。”船长威严地说。

“七岁当船长不是太小了点吗？”

船长点点头。“是的，”他承认，“我现在得在下午睡午觉。明年可能要退休。”

“我想坐船回去。”莉兹说。

“这些船都是单程的。”

莉兹从床底下往外张望。“这话讲不通啊。总得回去吧。”

“规矩不是我定的。”船长说。

“什么规矩？我死了。”

“如果你以为死了就可以自由自在、随心所欲，那就错了。”船长说。“错死了。”过了一会儿他又补充了一句，为自己蹩脚的双关语感到好笑，然后突然停住了笑，“咱们把不相信暂且搁置起来，先谈谈你坐船回到人间的事。你想那会有什么后果？”

莉兹从床下钻了出来。“我想我会恢复原来的生活，对吗？”

船长摇摇头。“不。你回去却没有了身体，只是个鬼魂。”

“嗯，也许那也不是很坏吧。”

“相信我。我知道一些人曾经试过，那压根就不是生活。最后你发疯了，你所爱的人都发疯了。听听忠告吧：下船去。”

莉兹的眼里又噙满了泪水。她一边用手背擦去眼泪，一边想：死的确让人眼泪汪汪的。

船长从口袋里拉出一条手绢，递给她。手绢是用最柔软、最纤细的棉花织成的，与其说是布，还不如说是纸，上面绣着“船长”两个字。莉兹用手绢擤鼻子。她爸爸总是带着手绢。想到这里她又要擤一次鼻子了。

“别哭，在这里也不赖嘛。”船长说。

莉兹摇摇头。“是床下的灰尘。灰尘钻进了我的眼里。”她把手绢还给了船长。

“拿着吧，”船长说，“没准你用得着的。”他站起来，一个完美的军姿，不过脑袋只跟莉兹的胸口齐平。“我相信五分钟后你会离开的，”他说，“你不会想待在这儿的。”说到这儿，他轻轻地关上了门。

莉兹琢磨着这个古怪的小男孩说的话。她很想跟家人和朋友在一起，不想去做鬼。她当然不想让她所爱的人再受痛苦。她知道自己能做的只有一件事。

莉兹最后朝舷窗看了一眼。太阳快下山了，她脑子里匆匆地闪过一个念头：他们在家里看到的是不是同一个太阳?

码头上只有贝蒂·布鲁姆一个人。虽然莉兹以前从来没有见过贝蒂，但这个女人身上有某种东西使她联想到妈妈。贝蒂朝莉兹挥手，然后大踏步地径直朝她走来。

“伊丽莎白，欢迎！我等了好长时间才见到你。”那个女人把莉兹拉到怀里紧紧地搂抱着，莉兹扭动身体想挣脱出来。“真像奥利维亚。”

“你是怎么认识我妈妈的？”莉兹质问她。

“我是她的母亲，你的外婆贝蒂，你从没见过我。你没出生我就死了。”贝蒂外婆又搂抱着莉兹，“你的名字就是以我的名字取的。我的全名也是伊丽莎白，不过别人一直都管我叫贝蒂。”

“可那怎么可能呢？你是我外婆，怎么跟我妈妈差不多年纪呢？”莉兹问。

“欢迎你来到另界。”贝蒂外婆笑了，干巴巴地指着码头上的一面大旗。

“我不懂。”

“在这里，谁也不会变老，人人都变得越来越年轻。不过，别着急，有人会在你的适应仪式上解释的。”

“我会变得越来越年轻？可我好不容易才长到十五岁！”

“亲爱的，别着急，最后一切都会好的。你会喜欢这个地方的。”

这可以理解，但莉兹将信将疑。

漫漫回家路

在贝蒂外婆那辆红色的敞篷汽车里，莉兹只是望着窗外，让外婆一个人唠叨。

“你喜欢建筑吗？”贝蒂外婆问。

莉兹耸了耸肩。坦白地说，她并没有考虑过这个问题。

“从我的窗口可以看到弗兰克·劳伊德·赖特建的一座图书馆。内行的人说这个图书馆比他在人间建造的任何建筑物都漂亮。伊丽莎白，这里不仅有楼房。你在这里还能看到许多你喜爱的艺术家的新作品。有书，有绘画，有音乐，凡是你喜欢的都有！说来你不一定相信，我刚刚去过毕加索的新画展！”莉兹想，贝蒂外婆的激情是装出来的，仿佛在极力说服一个不听话的孩子吃花椰菜。

“我在船上碰到了柯蒂斯·杰斯特。”莉兹不动声色地说。

“他是谁？”

“是机器乐队的主唱。”

“我从来没听说过这个乐队。不过，这也不奇怪，因为我死了好长时间了。没准他能在这里录点新歌？”

莉兹又耸了一下肩膀。

“当然，有的艺术家在这里就不搞本行了，”贝蒂外婆接着说，“我想，搞了一辈子艺术就已经足够了。艺术家们从来就不是最快乐的，对吗？你知道电影明星玛丽莲·梦露吗？嗯，她在这里是个心理医生。或者准确地说，她过去是的，后来她变得太年轻就不再搞心理学了。我的邻居菲利斯过去老去找她。哦，伊丽莎白，看到正前方了吗？看到那栋可笑的高大建筑了吗？那是登记处。明天你就在那儿参加适应仪式。”

莉兹望着车窗外面。这就是另界，她想。莉兹看到这个地方几乎跟人间的任何一个地方一样。她觉得这地方过于普通，过于像真实的世界，真是有些残酷。这里有楼房，有平房，有商店，有道路，有汽车，有桥梁，有人，有树，有花，有草，有湖，有河，有海滩，有空气，有星星，有天空。完全没有任何特别之处，她想。另界可以是一次到邻镇的步行，可以是一个小时的驾驶之旅，也可以是一个晚上的飞行。她们继续前进，莉兹注意到这里所有的道路都是弯曲的，就连汽车在看似笔直向前时，其实也是在绕圈。

过了一会儿，贝蒂外婆意识到莉兹没有接着她的话往下讲。“我是不是说得太多了？我知道我有个习惯——”

莉兹打断了她的话。“你说我会变得越来越年轻是什么意思？”

贝蒂外婆看着莉兹。“你真的现在就想知道吗？”

莉兹点了点头。

“这里的每个人从死的那天起就往回倒退。我刚到这里的时候是五十岁。我在这里已经待了十六年多一点，所以我现在三十四岁。小莉齐呀，对于那些比我更老的人来说，这是件好事。我想对于你这样年龄的人来说，就不是什么好事了。”

莉兹花了好一阵子去消化贝蒂外婆的这番话。我永远也到不了十六岁了，她想。“我到零岁的时候会是什么样子？”莉兹问。

“嗯，你又成了婴儿。等你只有七天大的时候，你和其他的孩子都会被送下河，然后回到人间，重新出生。这叫作回归。”

“那么我在这里只有十五年，然后就要回人间，从头开始？”

“你在这里差不多有十六年，”贝蒂外婆纠正了她的说法，“不过基本上还是对的。”

莉兹不相信有这么不公平的事。她还没来得及做一点有趣的事就死了，这已经够糟糕的了，可现在又要倒着把生命重新过一遍，最后变成一个傻乎乎、哭哭啼啼的婴儿。

“那么我永远成不了大人了？”莉兹问。

“莉兹，我可不这么看。你的脑子还在获取经验和记忆，而你的身体——”

莉兹大声叫嚷起来："那我永远都上不了大学，结不了婚，没有大胸，不能独自生活，没法恋爱，拿不到驾驶执照，什么都没有？我不相信！"

贝蒂外婆把车开到路边上。"你会明白的，"她说着，拍了拍莉兹的手，"事情没那么糟糕。"

"没那么糟糕？还有什么比这更糟糕的？我十五了，我死了。死了！"有那么一分钟时间，两人谁也不说话。

突然，贝蒂外婆拍着手说："伊丽莎白，我有了个绝妙的好主意。你有了见习司机临时执照，对吗？"

莉兹点点头。

"你干吗不开车送我们回家去？"

莉兹又点点头。虽然她被事情的变化搅得心神不宁，但她不想放弃开车的机会。在这个愚蠢的地方也许她永远也拿不到驾驶执照。谁知道在他们拿走她的见习司机临时执照之前还剩几个月呢。莉兹打开副驾驶座的车门，下了车。与此同时，贝蒂外婆挪到了副驾驶座上。

"你知道怎么操作变速器吗？我的车跟个恐龙似的。"贝蒂外婆说。

"我除了平行停车和三点转向不会之外，其余的都会，"莉兹平静地回答道，"下次驾驶课就要学这两项技术，可是倒霉得很，我死了。"

去贝蒂外婆家的路很简单，除了偶尔的转向之外，一路无话。虽然贝蒂外婆有很多话想说，但她不愿分散莉兹开车的注意力。莉兹没有心思交谈，只是任凭自己的脑子胡思乱想。当然，对于一个刚死的人来说，让脑子胡思乱想并不完全是明智的做法，而对于刚学会驾驶的人来说更是绝对不允许的。

莉兹琢磨着为什么要花这么长时间才明白自己死了。其他人，像柯蒂斯和桑迪，似乎马上就明白了，或者没过多久就明白了。她觉得自己真是个笨蛋。在学校里，莉兹总是为自己的理解能力快、接受能力强而自豪。不过现在有确凿的证据表明她不像自己想象的那样思维敏捷。

“伊丽莎白，我的心肝，”贝蒂外婆说，“你可以把速度放慢一点。”

“好的。”莉兹说着，瞥了一眼仪表盘，上面是每小时七十五英里。她没有意识到自己开得这么快，于是把油门松了一点。

我怎么会死了呢？她纳闷。我这么年轻怎么会死了呢？跟她这么大年纪的死人都是一些小孩，得了癌症或者其他查不出病源的可怕疾病。这些死孩子享受着免费旅游和会见世界级流行歌星的机会。她纳闷：航海一次，以及跟柯蒂斯·杰斯特见面算不算是这样的机会。

莉兹读高中一年级的时候，两个四年级的学生在班级舞会前死于酒后开车。学校在毕业班年刊上给他们整页全彩的颂词。莉兹不知道自己能不能得到这样的颂词。如果爸爸妈妈不交钱，恐怕她就得不到了。这两个男孩都是橄榄球队的，球队赢得了那一年马萨诸塞州的冠军。莉兹不打橄榄球，她才学了两年，就孤零零地死了。（人们觉得一群人同时死去更具有悲剧色彩。）她踩了一下油门。

“伊丽莎白，”贝蒂外婆说，“我的家就在下一个出口。我建议你放慢速度，把车缓缓地开进车道。”

莉兹没有看后视镜就把车开进了车道。她挡住了一辆黑色的跑车，只好加快速度，免得后面的车撞到她的车尾上。

“伊丽莎白，看见那辆车了吗？”贝蒂外婆问。

“我踩刹车了。”莉兹很紧张地说。我车开得不好那又有什么关系？莉兹在心里安慰着自己。开得好不好那又有什么区别？不像是会出车祸的样子。你已经是死人，不可能再死了，对吗？

“出口到了，你肯定能开吗？”

“我没事。”莉兹说。她没有减速，而是笨拙地把车开到了出口。

“你最好慢一点；出口处很不好开——”

“我没事！”莉兹大声叫道。

“小心！”

顷刻间，莉兹把车开到了出口处的挡土墙上。汽车像一头笨重的大野兽，跟挡土墙碰撞的时候发出了笨重的声响。

“你受伤了吗？”贝蒂外婆问。

莉兹没有回答。看到这辆老爷车的车头，她忍不住笑了。汽车倒是没有受到任何损坏，只是撞出了一个小凹痕，其余什么也没有。真是奇迹，莉兹心里苦涩地想。要是人能像车那样结实就好了。

“伊丽莎白，你没事吧？”贝蒂外婆问。

“没事，”莉兹回答道，“我已经死了，你没听说吗？”

“我是说，你伤着了吗？”

莉兹摸了摸耳朵上方的缝线。她想，该去找哪个大夫拆线呢？她身上以前也缝过线（九岁那年滑旱冰出过一次事故，是死之前最严重的一起事故），因此她知道只有将缝线取出来，伤口才能完全愈合。她觉得那根细线给人一种奇怪的舒服感觉。这是从人间那边带来的最后一件东西，是她曾在那边待过的唯一证据。

“你伤着了吗？”贝蒂外婆又问了一遍，关切地望着莉兹。

“那又有什么区别呢？”

“嗯，”贝蒂外婆说，“如果你受了伤，我带你到医疗中心去。”

“这里的人受伤吗？”

“对，不过人往回倒着长的时候，伤口都愈合了。”

“那么什么事都不要紧，对吧？我是说，任何事情都没什么大不了的。一切都给抹掉了。我们越来越年轻、越来越蠢，就这样。”莉兹很想大声叫嚷，可不能当着贝蒂的面，她还不认识贝蒂呢。

“你可以这么看问题，我想。不过我个人认为，那种观点是很枯燥乏味、很有局限性的。我可不希望你还没有待上一天就有这样凄凉的世界观。”贝蒂外婆用手托着莉兹的下巴，把她的头扭过来，直直地看着她的眼睛，“你想在回家的路上把我们两个的命都给送了吗？”

“我能吗？”

贝蒂外婆摇了摇头。“不能，亲爱的，不过做这种事的，你不是第一个。”

“我不想住在这里，”她大声嚷嚷，“我不想待在这儿！”她的眼泪又不由自主地流了出来。

“这我知道，小宝贝，这我知道。”贝蒂外婆说着，把莉兹拉到她的怀里，抚摸着她的头发。

“我妈就是这样摸我的头发。”莉兹说着，挣脱了。她知道贝蒂外婆是想让她感觉舒服些，可她觉得有点毛骨悚然——就像妈妈隔着坟墓来摸她似的。

贝蒂外婆叹了口气，打开副驾驶座的车门。“剩下的一段路我来开。”她说。她的声音听上去有点累、有点紧张。

“好吧。”莉兹不自然地说。过了一会儿，她用稍微柔和一点的声音说，“你知道，我平时开车不像今天这么糟糕，人也不像现在这样激动。”

“完全可以理解，”贝蒂外婆说，“我早就料到了会这样。”

莉兹挪到副驾驶座上，心里怀疑再过一会儿贝蒂恐怕不会让她开车了。不过莉兹不了解贝蒂，她的怀疑是错的。就在那一刻，贝蒂转身面对着她说：“如果你乐意的话，我可以教你三点转向和平行停车。我想你在这里能拿到驾驶执照，不过说不准。”

“在这里？”莉兹问。

“就在这里，在另界。”贝蒂拍了拍莉兹的手，然后把车开动了，“告诉我一声就行了。”

莉兹能理解，贝蒂一定是摆出了很大方的姿态才说出这话的，不过这不是她想要的。她想要的不是学会什么三点转向和平行停车，而是要学完驾驶课程。她想得到马萨诸塞州的驾驶执照。她想在周末跟朋友一起漫无目的地开着车，去发现纳舒厄和沃特敦境内神秘的新路段。她想具有一种特殊的能力，能在没有外婆和其他人的帮助下独自去任何地方。不过她知道这是不可能的事了。因为她在这里，在另界，如果驾驶执照只能在这里使用，那又有什么用呢？

醒来

一辆出租车不知从哪里飞快地开了过来。莉兹飞到空中。她想，我肯定要死了。

她在医院的病房里醒来，视线模糊，头上缠着绷带。妈妈和爸爸站在她的床边，眼睛周围是一道道的黑圈。“哦，小莉齐，”妈妈说，“我们以为失去你了呢。”

两个星期后，医生给她拆了绷带。除了左耳上方一道弧形的缝线之外，她完全好了。医生说他从没见过哪个病人恢复得这么好。

莉兹回到学校。人人都想听她讲死而复生的经历。“我不忍心讲这件事。”她说。大家都认为车祸发生之后莉兹变得深沉了，可实际情况是她不记得了。

十六岁生日那天，莉兹成功通过了驾驶执照考试。爸爸妈妈给她买了一辆新车。（他们不希望莉兹再骑自行车。）莉兹申请上大学。入学论文写的是自己怎样被出租车撞伤，以及这次车祸如何改变了她的生活。她很快就以第一志愿录取了，进了麻省理工大学。莉兹在麻省理工大学生物系毕业，又上佛罗里达的兽医学院深造。有一天，她碰到了一个男孩，她可以想象自己能跟这个男孩过后半辈子，甚至……

“伊丽莎白，快起床！”贝蒂外婆打断了莉兹的梦。这时是早上七点。

莉兹把头埋在毯子里。“走开。”她嘟哝着，声音太低，贝蒂听不见。

贝蒂外婆拉开了窗帘。“今天天气很好。”她说。

莉兹打了个哈欠，她的头还埋在毯子里。“我死了。还起床干什么呀？”

“你这是消极地看问题。在另界有许多事情要做。”贝蒂外婆说着，拉开了另一扇窗户的窗帘。莉兹要住的房间有五扇窗户（她不能把这当作是自己的房间；她的房间在人间）。这使她想起了温室。她真正想要的是一间只有一两扇（最好是没有）窗户的小黑房子，四周是黑色的墙——这更符合她目前的处境。莉兹一边打着哈欠，一边看着贝蒂外婆走到第三扇窗户跟前。“你不必把所有的窗帘都打开。”莉兹说。

“哦，你不喜欢光线好一点吗？”贝蒂外婆回答道。

莉兹转动着眼珠。她不相信自己后半辈子都要跟外婆一起过。外婆毫无疑问是个老人。即使贝蒂外婆的外表像个年轻妇女，莉兹知道她可能有许多老人的秘密习惯。

莉兹想，贝蒂外婆说“在另界有很多事情要做”是什么意思呢？莉兹在人间时要不断地学习，找一所大学，找一份职业，以及做那些大人们认为非常重要的事情。既然她死了，她在人间所做的一切似乎都没有了意义。从莉兹的角度来看，她的生命将会是什么样子这个问题已经彻底解决了。她的生命故事很短，毫无意义：从前有个女孩，她被汽车撞了，后来就死了。完了。

“你的适应仪式在八点半。”贝蒂外婆说。

莉兹的头从毯子里钻了出来。“适应仪式是什么？”

“是给新来的人介绍情况的会议，专门给刚刚死去的人召开的。”贝蒂外婆说。

“我可以穿这个吗？”莉兹指着白睡衣。她穿的时间太长，准确地说应该叫作灰睡衣了。“你知道我当时没时间收拾行装。”

“我可以借给你。我想咱们的身材差不多，不过你的个头可能要小一点儿。”贝蒂说。

莉兹久久地凝视着贝蒂。贝蒂的胸部比莉兹大，不过身材很苗条，身高跟莉兹差不多。真有点怪，自己竟然跟外婆的身材一样。

“你要什么，就到我的壁橱去拿，如果你需要剪短一点，或者改小一点，就告诉我。我不知道跟你说过没有，我在这儿是个裁缝。”贝蒂外婆说。

莉兹摇了摇头。

“对了，我还挺忙的。这里的人越来越年轻，身体也变得越来越小，所以需要把衣服改小。”

“他们不能买新的吗？”莉兹问。她的眉毛紧皱着。

“当然可以喽，小宝贝，我不是说不能买新的。不过我注意到这里很少浪费。而且我也做新衣服，你知道。我更想做新衣，这样更富有创造力。”

莉兹点点头，感到轻松多了。在接下来的日子里和大家穿一样的衣服是她最近听到的最令人沮丧的事了。

她冲了个淋浴（莉兹发现这里的淋浴跟人间那边的一样过瘾），用浴巾裹着身子，来到了贝蒂外婆的壁橱前。

壁橱很大、很整洁。外婆的衣服看上去很昂贵，做工也很精细，不过就莉兹的审美来看，显得有点舞台化：毛毡钟形女帽、老式连衣裙、天鹅绒斗篷、胸针、芭蕾舞鞋、装饰着鸵鸟羽毛的漆皮高跟鞋、网眼长筒袜、裘皮衣服。莉兹心里纳闷外婆穿着这些衣服上哪儿去。她还纳闷贝蒂外婆有没有牛仔裤，因为莉兹只想穿牛仔裤和T恤衫。她在壁橱里到处找牛仔裤。除了藏青色的水手裤之外，连一条牛仔裤式样的裤子都没找到。

莉兹灰心丧气地坐在一个挂着羊毛衫的架子下，想象着自己家里那个凌乱的壁橱，里面有十二条牛仔裤。她总是要花很长时间才能找到那些牛仔裤，然后还要试穿好几条。想到家里的牛仔裤时，莉兹真想哭。她不知道自己的牛仔裤现在怎么样了。她双手捧着脑袋，摸着耳朵上方的缝线。在这里连穿衣服都很难，她想。

“你找到什么了吗？”几分钟后，贝蒂来到壁橱，问莉兹。莉兹没有动弹。

莉兹抬起头来，却没有回答。

“我知道你心里是怎么想的。”贝蒂说。

是的，莉兹心想。

“你以为我不知道你的感觉，可是在某种意义上，我知道。五十岁死跟十五岁死，区别并不像你所想象的那么大。等你到五十岁的时候，你仍然有许多喜欢做的事情，仍然有许多需要照料的事情。”

“你究竟是怎么死的？”莉兹问。

“乳腺癌。当时你妈妈正怀着你。”

“这我知道。”

贝蒂露出一丝微微的苦笑。“所以说，我现在很高兴能见到你。我当时没能看到你，真是失望，人都快要发疯了。咱们要是在稍微不同的场合见面就好了。”贝蒂摇了摇头，“你穿上这个会很漂亮的。”她举起一件印花连衣裙的袖子。这根本就不是莉兹想要穿的东西。

莉兹摇了摇头。

“要不——这件？”贝蒂指着一件羊绒毛衣说。

“只要你觉得没什么区别，我想我就穿那件睡衣得了。”

“这我懂，你当然不是第一个穿着睡衣去参加适应仪式的人。”贝蒂告诉她。

“不过，你的衣服挺漂亮的。”

“我们可以给你买别的衣服，”贝蒂说，“我不知道你喜欢什么样的，不然我就给你买了。衣服要符合个人的口味，至少我是这么认为的。”

莉兹耸了耸肩。

“等你准备好了，”贝蒂接着说，“我就给你钱。跟我说一声就行了。”

可是莉兹已经不想再去考虑穿什么衣服了，她决定换个话题。“哦，对了。我一直在想应该怎么称呼你。喊你外婆总觉得有点别扭。”

“就喊我贝蒂，怎么样？”

莉兹点了点头。“贝蒂。”

“你喜欢我喊你什么？”贝蒂问。

“嗯，妈妈和爸爸都喊我小莉齐……”莉兹又改口道，“他们过去喊我小莉齐，不过现在我喜欢莉兹这个名字。”

贝蒂笑了。“莉兹。”

“我真的有点不舒服。我今天就躺在床上，把适应仪式改到明天可以吗？”莉兹问。她昨天晚上撞车，安全带把锁骨勒了，现在一碰就疼，不过主要还是莉兹什么也不想干。

贝蒂摇了摇头。“对不起，小宝贝，每个人都得在到达另界的第一天参加适应仪式。没有例外。”

莉兹离开了壁橱，转身来到贝蒂卧室的窗前。窗口对着一个略嫌杂乱的花园。她认出了花园里的玫瑰、百合、薰衣草、向日葵、菊花、秋海棠、栀子花，还有一棵苹果树、一棵橘子树、一棵橄榄树和一棵樱桃树。莉兹纳闷这么多不同种类的花果怎么能共生在一块地上。“这是你的花园吗？”莉兹问。

“是的。”贝蒂回答道。

“妈妈也很喜欢种花草。”

贝蒂点点头。“奥利维亚和我过去一起种花草，但我们的意见经常不一致，尤其在种什么东西这个问题上。她喜欢像白菜、胡萝卜、豌豆之类有用的植物。我呢，喜欢闻香味，喜欢看那些五颜六色的东西。”

“真漂亮，”莉兹说，眼睛望着一只黑脉金斑蝶停留在一朵红色木槿花上，“很杂乱，但很漂亮。”那只蝴蝶拍着翅膀飞走了。

“哦，我知道应该修剪修剪，给它们一些规矩，可我不忍心给玫瑰剪枝，也不忍心剪掉花蕾。花的生命是很短暂的。”贝蒂大声笑了起来，“我的花园因凌乱而美丽。”

“你真的不想开车吗？”在开车送莉兹去登记处开会的路上，贝蒂问莉兹。

莉兹摇了摇头。

“你不应该因为受到了一点挫折就灰心丧气。”

“我没有灰心，”莉兹坚定地说，“如果我会变得越来越年轻，那我也得适应当乘客。”

贝蒂从后视镜里看着莉兹。莉兹坐在后座上，双手交叉放在胸前，身上仍然穿着那件睡衣。

“昨天晚上我当导游是按惯例行事，很对不起。”贝蒂说。

“你这是什么意思？”莉兹问。

“我是说，我太蛮横了点。我只是想让你喜欢这里的一切，也让你喜欢我。不过我唠叨个没完没了，听起来像个傻瓜。”

莉兹摇了摇头。“你对我很不错。我只是……”她的声音越来越小，“我只是不太了解你，就这样。”

“这我知道，”贝蒂说，“可我对你有一定的了解。我在了望台上看到了你生活中的大部分内容。”

“了望台是什么？”

“就是了望平台。从那里可以看到人间。当然，观看时间有限。你还记得你在船上观看了自己的葬礼吗？”

“记得，”莉兹说，“是从双筒望远镜里看到的。”只要她活着（或者说只要她还是死的），她永远不会忘记。

“嗯，另界到处都建有了望平台。今天在你的适应仪式上他们就会检查了望平台。”

莉兹点点头。

“我很好奇，你有没有特别想看到的人？”贝蒂问。

当然啰，莉兹想念她的家。不过在某种意义上，莉兹最想念的是她的好朋友佐伊。她不知道佐伊参加班级舞会的衣服是什么样子的。现在莉兹死了，佐伊还会去参加班级舞会吗？佐伊嫌麻烦没有去参加葬礼。如果死的是佐伊，莉兹一定会去参加葬礼的。既然她想到了这一点，那么她最好的朋友在那种特定的情况下居然躲避她的葬礼，真是太没礼貌了。毕竟，如果佐伊不请莉兹到商店去买什么班级舞会的鬼衣服，她是不会被出租车撞的。如果莉兹不被撞，她是不会死的，而且……莉兹叹了口气：这么多的如果会把自己逼疯的。

突然，贝蒂朝窗外做了个手势，来了个小小的转弯。“你的仪式在这儿举行，这叫登记处。昨天我指给你看过，不过我不知道你当时注意了没有。”

莉兹从身边的窗口看到一幢巨大的建筑，外表看上去很平庸。在莉兹见到过的楼房中这幢是最高的，好像高得看不见顶。虽然体积很大，登记处大楼却像是小孩建造的：墙壁、楼道和其他附属结构都从荒谬可笑的角度延伸出来，整个建筑就像是临时凑合而成的，跟莉兹和她弟弟做的临时城堡差不多。“真难看。”莉兹说。

“原来要好看得多，”贝蒂说，“不过对这幢楼房的需求超过了它的规模。建筑师们老是想办法扩建，而建筑工人又不断地实施这些方案。有人说这幢楼看上去就像在你的眼前增高。”

贝蒂左转弯开进登记处的停车场。这幢楼房有好多个大门，她把车停在其中一扇大门前。“你要我陪你进去吗？里头很乱，你会晕头转向的。”贝蒂说。

“不用了，如果你不介意的话，我还是自己去吧。”莉兹回答道。

贝蒂点点头。“那么，我五点钟来接你。小宝贝，好好地乐上一天。”

圆圈和直线

虽然莉兹提前十五分钟到达了登记处，但她却花了差不多二十分钟才找到适应办公室。电梯内贴着早已过时了的地图，在楼内上班的人都说不清方向。莉兹想按原路返回，可她不停地发现新的门道，而且她敢打赌这些新门道五分钟前还没有。

莉兹决定随意（因为她现在相信只有猝然死去的人才有随意的力量）找一个门道试一试。她找到一个走廊，走廊的尽头又有一个门。一个临时挂上去的薄纸板提示这个门的后面就是适应办公室的临时所在地。

莉兹推开门，看到里面有一个很平常的接待区，里头正在忙。（正如贝蒂所说，许多人仍然穿着白色的睡衣。）如果不是看到墙上一张褪色的、恐怖的告示，莉兹还以为自己到了医务室。告示上画着一个灰头发的女人，坐在一具红木棺材内，正在微笑。上面写有：

你死了，现在该做什么？

适应办公室在此提供帮助

坐在接待桌旁的那个动辄发怒的女人使莉兹想起了刚才看到的告示；她看上去也是满脸憔悴、阴森、死气沉沉的，头上是六十年代的蜂窝式发型，皮肤呈绿色。桌上有个牌子，上面写着她的名字：耶塔·布朗。

“对不起，请问，”莉兹说，“我来参加适应仪式——”

耶塔·布朗清了清嗓门，朝桌上的铃点头示意。铃上写着：需要帮助请按铃！！！

莉兹顺从地按了铃。耶塔·布朗又清了清嗓门，脸上的假笑像是贴上去的。“是的，我能帮你什么忙？”

“我预约了八点半的——”

耶塔脸上的假笑一下子变成了皱眉。“你干吗不说？你看录像的时间晚了五分钟！快点，快点，快点！”

“对不起，”莉兹连声道歉，“我找不到——”

耶塔又打断了莉兹的话。“我没时间听你道歉。”

莉兹不喜欢别人打断她的话。“你不应该打——”

“我没时间闲聊。”

耶塔把莉兹带到一间满是灰尘的黑屋子里，里面有一台破旧的录像机和一台电视。这屋子很像一间小库房，连一把椅子都放不下。“录像看完了我再来，”耶塔说，“哦，对了，尽情地看吧。”她漫不经心地补充了一句，然后走出了门。

莉兹坐在那把孤孤单单的椅子上。录像就像是枯燥乏味的科普片，跟她九年级看的健康教育片（如《性教育》）和十年级看的驾驶课（如《交通安全》）差不多。

录像的开头是一个会讲话的卡通鹦鹉。“我叫鹦哥，”鹦鹉说，“如果你在看这段录像带，那就意味着你死死死死了！死人们，向你们问好，向你们致敬！”莉兹觉得这个动画片太陈旧，这个鹦哥也太讨厌。

由讨厌的鹦哥做向导，录像讲述了莉兹和贝蒂已经讨论过的一些问题：另界的人如何倒着往回长，如何变成婴儿，婴儿七天大的时候如何被送下河去，回到人间。“在人间，”鹦哥咯咯地叫着，“人是从出生开始一直顺着长，直到将来一个不确定的点上，然后死死死去。”录像显示一个卡通婴儿变成小男孩，再变成大人，然后变成老头，最后死去。“在另界，”鹦哥接着说，“生命更有限：人死了，倒着长回去，成为婴儿。”一个卡通老头变成大人，然后变成男孩，最后变成婴儿。“人一旦变成了婴儿，就要被送回人间，在那里整个过程又从头开始。”一个卡通婴儿变成男孩，变成大人，再变成老头。莉兹想象着自己的生命在卡通时间线上所处的位置。我只是在卡通男孩和卡通大人之间，她想。接着，她疑惑男孩是不是永远是男孩，女孩是不是永远是女孩，狗是不是永远是狗。

录像还讲述了一些莉兹和贝蒂没有详细讨论的问题。

莉兹学会了用正确的方法表述自己的年龄：目前的年龄后面跟上你在另界居住的时间。莉兹现在的年龄为15-0。她还知道了自己的新“生日”是一月四日。计算有点乱，要把上个生日过后的天数加上死的日期。

她得知另界没有人出生，也没有人死。人们生病，受伤，但是随着时间的推移，人人的伤病都会痊愈。因此，疾病在这里并不是什么重要的问题。

她知道了这里的人不准跟人间的人接触（“接触是不——不！那是不——不！”鹦哥咯咯地叫着，同时他那黄色的长喙使劲地来回移动着），不过你可以随时从了望平台观望人间。了望平台跟尼罗河号上的一样，不仅仅是用来观看葬礼的。另界各地停靠在码头的船只和灯塔上都有了望平台。只需支付一个伊特尼姆，莉兹就可以观看人间的任何人和任何东西。时间是五分钟。莉兹决定请贝蒂今晚开车送她到最近的一个了望平台去。

她知道每个人要选择一项业余爱好。就莉兹所了解的，这种业余爱好基本上跟工作一样，只是业余爱好是你喜欢做的事情。看到这里，莉兹摇了摇头。她怎么知道自己想做什么呢？更不用说，在她这个年纪能受过什么专业训练呢？

她知道了“适应”这个词的正式定义。“适应，”鹦哥叫嚷道，“就是刚死的人变成另界居民的一个过程。所以，死人们，欢迎，欢迎，欢迎！”

她还知道了许多许多别的事情，这些事情她可能会忘记的。

录像的结尾关于另界形而上学方面的问题。片子中谈到人生怎样既像一个圆圈，又像一条直线。它像一个圆圈，因为所有老的东西都会更新，所有新的东西都会变老。它像一条线，因为那个圆圈会毫无限制地甚至是无穷无尽地延伸开来。有人死。有人出生。人出生后又死去。每一次的生和死都是一个小圆圈，这些小圆圈的总和就是一个生命，是一条直线。在片子大谈人生的时候，莉兹发现自己昏昏地睡着了。

几分钟后她醒了过来，听到耶塔·布朗警告她的声音。“我希望你不是一直都在睡觉！起来！快起来！”

莉兹一下子跳了起来。“对不起。死亡让我精疲力竭，而且——”

耶塔·布朗打断了她的话。“这跟我没关系；你的行为只能伤害你自个儿。”耶塔·布朗叹了口气，“现在你得去跟你的适应辅导员阿道司·根特见面。根特先生是一个非常重要的人物。所以，你知道，跟他见面的时候是不能睡觉的。”

“坦白说，我没有漏掉很多东西。”莉兹道歉。

“好吧。那你告诉我，人生为什么像一个圆圈，又像一条直线？”耶塔质问道。

莉兹绞尽脑汁地想。“它是个圆圈因为，嗯……人间是一个球体，那就像一个……嗯，三维圆圈？”

耶塔厌恶地摇头。“跟我估计的一样！”

“瞧，我睡着了，很对不起。”莉兹讲得很快，生怕她的话给打断，“要不我把录像的结尾再看一遍？”

耶塔·布朗没有理会莉兹。“霍尔小姐，我们今天有很多事要做。如果你不睡觉，事情会顺利得多。”

“根特先生，这位是伊丽莎白·玛丽·霍尔。”耶塔说莉兹的名字时仿佛在念像牙龈炎那样令人不愉快的单词。阿道司·根特在耶塔和莉兹走进办公室的时候抬起头来。

“谢谢你，布朗女士。”阿道司说，可耶塔这时已经冲着他的脸“砰”的一声把门关上了。“啊，嗯，大概她没听见我的话？耶塔的耳朵很背，经常打断我的话。”

莉兹礼貌地笑了笑。

“你好，伊丽莎白·霍尔。我叫阿道司·根特，是你的适应辅导员。请坐。”他指了指桌子前面的一把椅子，示意莉兹坐在那儿。可是椅子上堆满了纸张。其实，他这间没有窗户的办公室内到处都堆放着纸。

“我能把这些文件挪动一下吗？”莉兹问。

“哦，请吧！”阿道司微笑着，然后面色凄凉地环顾着他这间杂物凌乱的办公室，“纸张太多。抱歉，纸张里还有纸张。”

“也许你应该换间大一点的办公室？”莉兹建议。

“他们一直答应给我一间。我最期盼的就是一间大办公室，此外还期盼的是头发能长回来。”他怜爱地拍了拍自己的脑袋，“我二十五岁就秃顶了，所以我估计我只得再等三十六年左右了。令人伤感的是，我们变成婴儿的时候头发大多又要掉光。据我所知，再过二十四年我的头发全要掉光。唉！”阿道司叹了口气。

莉兹用手指篦着自己头上刚长起来的新头发。

“去年我的牙齿长回来了。长牙齿简直是谋杀！我又是抽泣，又是闹，搞得我老婆整夜不能睡觉。”阿道司咧着嘴笑，这样莉兹就看到了他的牙齿。“这次我要照料好牙齿。假牙不好。假牙比坏牙还要糟糕。假牙，嗯……”

“咂着嘴巴？”莉兹给他提示说。

“假牙咂嘴巴，”阿道司说着笑了起来，“真的。吃饭的时候假牙发出的声音跟咂嘴巴一个样。”

阿道司小心翼翼地从桌子中间一沓摇摇欲坠的纸堆底下抽出一份文件，然后把文件翻开，大声朗读起来：“你来自百慕大，死于翻船事故吗？”

“呣，那不是我。”莉兹说。

“对不起。”阿道司又挑选了一份文件，“你来自曼哈顿，死于……嗯，乳腺癌，对吗？”

莉兹摇了摇头。她连胸都还没长好呢。

阿道司挑选了第三份文件。“来自马萨诸塞？死于自行车事故中的脑部受伤？”

莉兹点点头。那就是她。

“嗯——”阿道司耸耸肩，“至少死得很快，只是昏迷了一阵子，不过你恐怕不记得了。”

是的，莉兹不记得了。“我昏迷了多久？”

“大约一个星期，不过你的大脑已经死亡。报告上说你可怜的父母亲只好放弃希望。在人间那边的时候，我老婆罗伊娜和我对儿子约瑟夫放弃了希望。他最好的朋友跟他一起玩我的一支旧枪，结果不慎把他自己打死了。那一天是我一生中最倒霉的日子。如果你有孩子……”说到这儿，阿道司停了下来。

“如果我有孩子，怎么样？”

“对不起，我不知道为什么说这个。在另界谁也没有孩子。”阿道司说。

莉兹用了一点时间来吸收这条信息。从阿道司的口气来看，她知道阿道司以为这个消息会使她焦躁不安。可是莉兹并没有考虑有孩子这件事。

“现在你看到你儿子了吗？”

阿道司摇了摇头。“没有，罗伊娜和我到这里的时候，他已经回到人间那边去了。我很想再见到他，可是已经不可能了。”阿道司擤了擤鼻子。“是过敏。”他连声道歉。

“什么类型的过敏？”莉兹问。

“哦，”阿道司回答说，“对伤心事的记忆过敏。这是最糟糕的一种过敏。你想看看我老婆罗伊娜的照片吗？”

莉兹点点头。阿道司拿出一张嵌在银镜框子里的照片，上面是个可爱的日本女人，年纪大约跟阿道司差不多。“这是我的罗伊娜。”他自豪地说。

“她很端庄。”莉兹说。

“是的，可不是很端庄吗？我们同一天死于飞机失事。”

“太可怕了。”

“不，”阿道司说，“其实我们非常非常幸运。”

“在很长的时间里我甚至不知道自己死了，”莉兹向阿道司倾吐秘密，“那样正常吗？”

“当然正常，”阿道司肯定地说，“各人花在适应上的时间是不一样的。有些人到了另界，还以为自己是在做梦。我知道一个人在这里五十年了，回到人间的时候还没有明白过来。”阿道司耸耸肩，“这取决于你是怎么死的、死的时候多大年纪——因素很多，它们都是这个过程的一部分。年轻人特别难以认识到自己已经去世了。”阿道司说。

“那是为什么呢？”

“年轻人倾向于认为自己是不会死的。他们中的许多人无法想象自己已经死了，伊丽莎白。”

然后阿道司把今后几个星期莉兹必须要做的事情简单说了一遍。死亡涉及的事情比莉兹开始时所想象的要多得多。在某种意义上，死亡跟上学没有太大的差别。

“你对业余爱好有没有初步的设想？”阿道司问。

莉兹耸耸肩。“好像没有。我在人间那边没有工作，因为我当时还在上学。”

"哦，不，不，不，"阿道司说，"业余爱好不是工作。干一份工作跟个人的声望有关！跟钱有关！业余爱好的目的则是使你的灵魂充实。"

莉兹转动眼珠。

"从你的表情可以看出你不相信我说的话，"阿道司说，"看样子我手头上捏着一个怀疑主义者。"

莉兹耸耸肩。在她这种处境下，谁能不是怀疑主义者呢？

"你在人间那边有没有特别喜欢的东西？"

莉兹又耸耸肩。在人间那边，她的数学、自然科学和游泳都很棒（去年夏天她还得到了潜水的资格证书呢），不过她对这些并不是特别喜爱。

"有没有——任何一样？"

"动物。也许跟动物或者狗有关的事情。"莉兹最后说，她想起自己在人间那条得过奖的哈巴狗，名叫露西。

"太好了！"阿道司发出一声欢呼，"我肯定能找到一个跟狗有关的工作！"

"我得想想，"莉兹说，"有很多事情需要去领会。"

阿道司问了莉兹一些在人间那边的生活情况。对于莉兹来说，过去的生活已经变成了可以跟别人讲述的故事。从前有个叫伊丽莎白的女孩住在马萨诸塞州的梅德福德。

"你在那边的时候很幸福吗？"阿道司问。

莉兹考虑着他的问题。"你干吗要知道这个？"

“别着急。这不是考试。作为辅导员，我要向所有的学生问这个问题。”

事实上她以前从来没有认真思考过自己是不是幸福这个问题。她估计既然自己没有考虑过，那就一定是很幸福。幸福的人并不需要问自己是不是幸福，对吗？他们只是很幸福，她想。

“我想我一定很幸福。”莉兹说。话一出口，她就知道这是事实。一颗傻乎乎、孤零零的泪珠从眼角滚落出来。莉兹迅速擦去，可第二颗泪珠接踵而来，然后是第三颗，没过多久她发现自己在哭。

“哦，我的乖乖，我的乖乖！”阿道司喊道，“如果我的问题让你伤心，那就对不起了。”他从一大堆纸张底下抽出一个装手巾纸的盒子。先是考虑给她一张手巾纸，然后决定把整盒都给她。

莉兹看着装手巾纸的盒子，上面绘有雪人参加各种节日活动的画面。其中一个雪人很快乐地把满满一盘微笑着的姜饼人放进烤箱里。烤姜饼人或者类似做饭这样的事对于雪人来说就跟自杀差不多，莉兹想。雪人为什么要主动地去做那些最终可能会使自己融化的事情呢？雪人会吃饭吗？莉兹瞪着那个盒子。

阿道司抽出一张手巾纸，举到莉兹的鼻子前，仿佛她才五岁似的。“擤吧。”他命令道。

莉兹遵照他的命令擤鼻子。“我最近经常哭。”

“那很自然。”

莉兹过去是很幸福的。多么幸福啊，她想。在人间那边的时候她并不认为自己是个特别幸福的人。像很多同龄人一样，她曾经为了现在看来愚蠢的原因而烦恼和痛苦：她在学校里不是人缘最好的学生，她没有男朋友，弟弟很讨厌，她脸上有雀斑。在许多方面她觉得自己在等待好事的来临：独立生活，上大学，开车。现在莉兹看到了事实真相。她过去是幸福的。幸福，幸福，幸福。爸爸妈妈疼爱她；她最好的朋友是世界上最富有同情心、最好的女孩；学校很好混；弟弟并不是特别坏；那条哈巴狗喜欢睡在她的身边；还有，对了，有人觉得她很漂亮。一个星期以前，她过去的生活一直是畅通无阻的。那是一种幸福、简单的生活，而现在一切都结束了。

“你没事吧？”阿道司用充满关切的口气问。

莉兹点点头，尽管她感觉不是很好。“我想念我的狗，它叫露西。”她想知道露西现在跟谁睡一张床。

阿道司笑了。“幸运的是，狗的寿命比人的寿命要短得多。将来某一天你会看到它的。”

阿道司清了清嗓门。“我原来打算早点告诉你的。像你这样年轻的人，也就是说十六岁或者十六岁以下的人，可以被早点送回人间。”

“你这是什么意思？”莉兹问。

“年轻人有时会觉得很难适应这里的生活，他们的适应过程彻底失败。所以，如果你愿意的话，你可以早点回人间那边去。只要在居住期的第一年内公开宣布自己的打算就行了。这叫作潜返条例。”

“我会回到原来的生活中吗？”

阿道司笑了。“哦，不，不，不！你得变成婴儿，从头开始。当然，你可能碰到原来认识的人，可他们不认识你了，很可能你也不认识他们。”

“有没有什么办法能让我回到原来的生活中？”

阿道司脸色严峻地看着莉兹。“我现在得警告你，伊丽莎白。没有任何办法能使你返回到原来的生活中，你也不应该返回到原来的生活中去。你原来的生活已经终结，你永远也回不去了。你也许会听说一个叫海井——”

“什么海井？”莉兹打断了他的话。

“那里严禁任何人进去，”阿道司说，“现在说说潜返条例——”

“为什么严禁任何人进去？”

阿道司摇了摇头。“不为什么，历来如此。现在谈谈潜返条例——”

“我想那不适合我。”莉兹打断了他的话。她虽然很想念人间那边，但也意识到她想念的是那里的熟人。没有了那些熟人，回去就没有了意义。再说，她现在并不想成为婴儿。

阿道司点点头。“当然，你还有一年时间来作这个决定。”

“我懂。”莉兹停顿了一下，“嗨，阿道司，我可以再问一个问题吗？”

“你想知道这里的上帝在哪儿，对吗？”阿道司问。

莉兹的确感到惊讶。阿道司居然能看出她的心思。“你怎么知道我要问这个问题？”

“姑且就说我干这一行已经有一些日子了。”阿道司取下那副玳瑁框的眼镜，在裤子上擦了擦，“跟以前一样，上帝他，她，或者它，仍然在那里。没有任何变化。”

阿道司怎么能这么说呢，她心里纳闷。对于她来说，一切都发生了变化。

“伊丽莎白，你会发现，”阿道司接着说，“死亡只是生命的一部分。到时候，你还会把死亡看作新生的，把死看作‘伊丽莎白·霍尔续集’。”阿道司戴上眼镜，看了看手表，“啊，天哪！”阿道司大叫起来，“你看这都几点了？我们得带你去遗言部，不然的话，萨拉会要我脑袋的。”

遗 言

在遗言部，一个办事效率很高的女人接待了她。这人让莉兹想起一个野营辅导员。“你好，霍尔小姐，”那个女人说，“我叫萨拉·迈尔斯，我只是要确认一下你的遗言是什么。”

“我不知道是否还记得。有很长时间我甚至都不知道自己死了。”莉兹向她道歉。

“哦，那没关系。实际上只是一个手续。”萨拉说着，翻看一本跟百科全书差不多大的书，书都发霉了。“对了，这里有你的遗言，就一个字，是‘嗨’。”

莉兹等待着萨拉把话讲完。事实上，她很想知道自己的遗言是什么。会很深刻吗？伤感吗？感人吗？揪心吗？有启发意义吗？愤怒吗？可怕吗？沉默了几分钟，莉兹发现萨拉瞪着她。

“那么……”莉兹说。

“那么，”萨拉回答道，“是‘嗨’吗？”

“是‘呣’什么？”莉兹问。

“我是说，你的遗言是‘呣’吗？”

“你的意思是，我说的最后一句话是‘呣’吗？”

“书上是这么写的，书是不会错的。”萨拉怜爱地拍着那本书。

“天哪，我简直不相信竟然那么糟糕。”莉兹一个劲地摇头。

“哦，还不至于那么糟糕，”萨拉笑了，“我听到过比这更糟的遗言。”

“要是多说一点就好……”莉兹停顿了一下，“多一点，呣……”她的声音越来越小。

“是啊。”萨拉对她表示了三秒钟的同情，刚好三秒钟。“那么，我要你在这上面签个字。”

“既然你们已经知道我说的是什么，还要我在上面签字干吗？”莉兹还在恼火自己在人间的临终遗言居然是个“呣”字。

“我不知道。这里反正都是这么干的。”

莉兹叹了口气。“我在哪儿签字？”

莉兹离开的时候，脑子里还在想着自己的临终遗言。如果遗言意味着要概括你的一生，那么莉兹觉得“呣”很合适，真奇怪。“呣”什么意思都没有。“呣”是你考虑应该说什么的时候说的。“呣”表示某人的话没说完就被打断了。“呣”是一个十五岁的女孩去挑选舞会礼服（而她不去参加这个舞会！上帝啊）时在商店门口被一辆出租车撞飞后发出的声音。“呣”。莉兹摇着头，发誓要在自己的词汇中删除掉“呣”，以及所有没有意义的词（呵、像、哈、有点、哦、嘿、大概）。

回到适应办公室的大厅后，莉兹高兴地看到了一张熟悉的面孔。“桑迪!”

桑迪转过身，朝莉兹笑了笑。“你也是在办遗言手续吗？”

莉兹点点头。“显然，我临终说的就一个‘姆’，尽管我太紧张不记得了。你的情况怎么样？”

“嗯——”桑迪支吾着，“我没法重复。”

“说吧，”莉兹催促道，“我把我的遗言告诉你了，它们苍白无力。”

“哦，好吧，如果你真的想知道的话。大概是：‘耶稣基督，瘦子，我头上中了一枪！’只是我还把那个F开头的脏字说了两遍，然后我就死了。”

莉兹微微笑了一下。“至少你的遗言很准确，有描述性。”

桑迪摇了摇头。“不过，我要是没说那个脏字就好了。我在家里没有受过那样的教育，可现在成为了永远的记录。”

“应该理解自己，桑迪。我是说，你头上中了一枪。我想，在那种情况下，可以理解你说那个——”

桑迪打断了她的话。“别再说了！”

就在这时，阿道司·根特蹦蹦跳跳地走进了大厅。“哎哟，但愿没有打断你们的谈话。我要跟伊丽莎白说几句话。”

“没关系，”桑迪说，“我正要走呢。”她低声对莉兹说，“见到你真高兴。当时我真担心你会永远待在船上呢。”

莉兹只是摇摇头，然后改变了话题。“现在你住哪儿？”

“我跟我表姐谢莉一起住——我记得以前跟你说起过她。”

“她——”莉兹停顿了一下，“好些了吗？”

桑迪笑了。“好多了，谢谢你的关心。你应该来看看我。我把你的情况都告诉谢莉了。什么时候来玩都可以。她比我们大不了多少，所以有人来玩，她会高兴的。”

“我看能不能来。”莉兹说。

“嗯，我希望你说能来是真的能来。”桑迪说着走了。

“好漂亮的头发。”阿道司看着桑迪远去的背影说。

“是很漂亮。”莉兹赞同。

“嗯，伊丽莎白，我刚刚有了个很古怪的想法，”阿道司说，“你曾经说过喜欢跟动物打交道？”

“是说过。”

“刚刚有了个空缺，我一发现就想到了你。‘怎么，阿道司’，我对自己说，‘这真是注定的！’那么，你愿意去干吗？”阿道司站在那里，笑容可掬地看着莉兹。

“晦，是什么样的工作？”她又说出了那个“晦”字。

“哦，对了，当然！让我把马放在车的前面。或者说，把车放在马的前面。按道理马应该在车的前面，我想。有关马和马车，我这方面的经验很有限。哦，对了，是说那个工作！那个工作在适应部的家畜科。”

“那是什么样的工作？”莉兹问。

“其实跟我做的差不多，”阿道司·根特说，“只是对象是人过去养的宠物。我可以肯定你能干好。”

“呣。”莉兹说。我怎么老是忍不住要说那个“呣”呢，她想。“呣，听起来很有趣。”

“还有，你会说犬语，对吗？”

“犬语？”莉兹问，“犬语是什么？”

“犬语就是狗的语言。哎呀，你该不是说人间那边的学校现在不教犬语了吧？”阿道司对这种可能性感到很恐惧。

莉兹摇了摇头。

“可惜，”阿道司说，“犬语是我们最漂亮的语言之一。你知道吗？在犬语里，表达‘爱’的词语有三百多个。”

莉兹想起了在人间的可爱的露西。“这我相信。”莉兹说。

“人间的教育有个缺陷，那就是只教孩子们跟自己的同类进行交流，你说呢？”阿道司问。

“既然我不会讲，呵，犬语，那是不是说我不能在什么……部里工作，请再说一遍，是个什么部来着？”

“适应部，家畜科。那不一定。伊丽莎白，你学一门外语要多长时间？”

“很快。”莉兹撒了个谎。西班牙语是她在学校里学得最差的一门课。

“可以肯定吗？”阿道司歪起头若有所思地看着莉兹。

“肯定，如果这很重要的话。我在人间的时候还曾想去当兽医呢。”

“那是个了不起的职业，不过很不凑巧，或者说很凑巧，我们这里不需要兽医。时间和休息是唯一的医生。这是时间倒流文化的诸多优势之一。这里也没有医生。不过，我们有照料动物和人的护士，当然也有心理医生、专门的治疗专家、精神病专家和其他精神健康方面的专家。你身体很好，但仍然有精神……嗯，精神有自己特定的精神。”阿道司笑了，“不过我离题了。”

“那么，那个工作呢？非常好，对吗？”他笑容可掬地看着莉兹。

莉兹起初觉得自己会喜欢这份工作，可现在她说不准了。她十五年之后就要回到人间那边去，学一个全新的工作，更不用说一门全新的外语，有什么意义？“我说不准。”莉兹最后说。

“说不准？可是刚才你还——”

莉兹打断了他的话。“听起来很不错，可……”她清了清嗓门，“我只是觉得我首先得给自己留出点时间。我对死这个概念还不是很适应。”

阿道司点了点头。“这很自然。”他说着又点点头。莉兹看得出他点头是为了掩饰内心的失望。

“不是要今天就作出决定，对吗？”莉兹问。

“不是，”阿道司说，“不，你不必今天就作出决定。咱们下个星期再谈。当然，到了那时候，这个空缺也许就没有了。”

“这我懂。”她说。

“伊丽莎白，我得提醒你。你等得越久，开始新生活的难度就越大。”

“我的新生活？什么新生活？”莉兹的声音突然很生硬，眼神变得冷酷了。

“当然是这里的生活，”阿道司说，“这里的新生活。”

莉兹笑了。“那只是措辞不同，对吗？你可以把这叫作生活，但实际上是死亡。”

“如果这里不是生活，那又是什么？”阿道司问。

“我的生活在人间那边。我的生活不在这儿。”莉兹说，“我的生活跟我爸爸、妈妈和朋友在一起。我的生活已经完了。”

“不，伊丽莎白，这是彻底地、绝对地、完完全全地错了。”

“我死了。”她说，“我死了！”她大声吼叫。

“死，”阿道司说，“只不过是一种精神状态。人间有许多人过了一辈子死亡的生活，也许你太年轻，还听不懂我的意思。”

是的，莉兹想，跟我的观点一个样。她听到钟声敲了五下。“我得走了。我外婆还在等我呢。”

看着莉兹跑了开去，阿道司在她背后喊道：“你答应了要考虑那份工作的！”

莉兹没有回答。她发现贝蒂的车停在登记处大楼的前面。莉兹打开车门，钻了进去。还没等贝蒂开口，莉兹就问："咱们这就去了望平台，行吗？"

"哦，莉兹，这是你到这儿的第一个晚上。你难道不想做点别的什么吗？你想做什么都成。"

"我真正想做的就是去看妈妈、爸爸和阿尔维。我的好朋友佐伊。还有别的人。行吗？"

贝蒂叹了口气。"你一定要这样吗，小宝贝？"

"我真的真的想去。"

"好吧，"贝蒂最后说，"我们家附近就有一个。"

观 光

“我可以跟你一块儿去。”贝蒂说。她把车停在跟海滩平行的一条狭窄路段上，“我很久没看到奥利维亚了。”

“妈妈现在老了，”莉兹说，“她比你还老。”

“真是难以置信。时间都去哪儿了？”贝蒂叹息道，“我从来都讨厌这句话。就好像时间去度假了，而我们期待它某天会回来一样。我也讨厌‘时光飞逝’这句话。显然，时间的确旅行很久了。”贝蒂又叹了口气，“那么，你想让我跟你一起去吗？”

莉兹确实想贝蒂陪她去。“我可要待好长一会儿呢。”莉兹说。

“这些地方，小宝贝，这些地方是很危险的。”

“为什么？”

“人们都会上瘾，就跟吸毒似的。”

莉兹看着红色的灯塔，顶部有一排灯火通明的窗户。这些窗户使莉兹想到了牙齿。她无法确定这灯塔是在笑还是在咆哮。

“我怎么进去呢？”她问。

“沿着小路到门口。”贝蒂从车窗户里伸出手来指着路——一个木结构的人行道连接着灯塔和地面。这个人行道由于长时间受水的浸泡已经变成了灰色。“然后坐电梯到顶层。了望平台就在上头。”

贝蒂从汽车的杂物箱里拿出钱包，从装零钱的那一层拿出五个伊特尼姆，放在莉兹的手里。“这些可以看二十五分钟。够了吗？”

莉兹想，我不知道多长时间才足够。跟以前的每样东西和每个人说再见要多长时间？只要二十五分钟，比一部没有商业广告的情景喜剧稍微长一点吗？谁知道？“够了，谢谢。”她说着，合拢手指抓住了那几枚硬币。

在电梯里，莉兹站在一个婀娜多姿的金发女人身边，这个女人穿一身黑色的宽松直筒连衣裙，正在无声地抽泣，看那样子好像是做给别人看的。

“你没事吧？”莉兹问她。

“没事，我真的没事。”那个女人用布满血丝的眼睛盯着莉兹。

“你是最近死的吗？”

“我不知道，”那个女人说，“不过，如果你不见怪的话，我想单独哭一会儿。”

莉兹点点头。她很后悔自己问这个女人。

过了一会儿，那个女人又说话了。“我为自己的身世感到悲伤，我的悲苦是你难以想象的。”那个女人戴着一副黑色的猫眼墨镜，一直哭到电梯到达终点。

这个了望台看上去跟尼罗河号上的完全一样，只是稍微小一点。房子的四面都有窗户，架着一小排一小排的双筒望远镜。莉兹注意到，在这里，不是每个人都跟那个在电梯里哭泣的女人一样不开心。

一个胖乎乎、头发烫得乱七八糟的中年妇女坐在电梯附近的玻璃亭子里面，隔着了望平台和电梯之间的栅栏跟那个哭泣的女人挥手。那个哭泣的女人草草地点点头，在服务员的玻璃盒子上照镜子。

“那个女人爱上了自己悲伤。”服务员说着，摇了摇头，“有的人就是爱那种戏码。”她转身面对莉兹，“你是新来的，所以我对你多讲几句。我们的时间是星期一到星期五的早上七点到晚上十点，星期六的早上十点到十二点，星期天的早上七点到晚上七点。我们一年三百六十五天全开放，包括节假日。一个伊特尼姆看五分钟，想看多长时间就可以买多长时间。价格是固定的。你看五分钟也好，看五百分钟也罢，单价不变。双筒望远镜的操作跟你以前见过的一个样。按旁边的按钮就可以调换新的镜头，扭动目镜来调节焦距，必要的时候转动一下自己的脑袋。另外，我叫埃丝特。”

“我叫莉兹。”

“莉兹，你是刚到这儿的吗？”埃丝特问。

“你是怎么知道的？”

“你脸上一副得了弹震症的样子，看上去就像是新来的。别着急，亲爱的。一切都会过去的，我敢保证。你是怎么死的？”

“被汽车撞死的，你呢？”莉兹礼貌地问。

“早老性痴呆症。”埃丝特回答道。

“那种病是什么样儿？”

“我不怎么记得了，”埃丝特说着笑了，“不过那也好。”

莉兹挑了15号望远镜，是朝着陆地的。在尼罗河号汽船上待了这么久，她有点讨厌水了。她坐在金属凳子上，把一枚伊特尼姆塞进小孔里。

莉兹先看她的家人。她爸爸、妈妈面对面坐在餐厅的桌子旁。妈妈看上去像是好几天没睡觉似的，抽着烟，尽管她在怀莉兹的时候就已经戒烟了。爸爸好像在做《纽约时报》上的填字游戏，可实际上没有。他用铅笔在同一个答案（“达尔文主义”）下面来回画。报纸画破了，就在桌布上画。客厅里，阿尔维在看动画片，尽管是周日的晚上。她父母亲从来就不让莉兹和弟弟在周日的晚上看电视的。电话铃响了。莉兹的妈妈跳起来跑去接电话。正在这时，双筒望远镜的镜头“咔嚓”一下关了。

等莉兹把第二枚伊特尼姆塞进小孔的时候，妈妈已经挂上了电话。阿尔维走进餐厅，头上罩着一个陶瓷的花盆。“我是个花盆头[1]！”他得意地说。

“摘下来！”她妈妈朝阿尔维大声喊叫，“亚瑟，管教管教你的儿子！”

“阿尔维，把头上的花盆拿下来。”莉兹的爸爸不紧不慢地说。

“可我是个花盆头！”阿尔维继续说，尽管听了他的笑话谁也没笑。

“阿尔维，我警告你。”爸爸的口气变得严厉起来。

“哦，好吧。”阿尔维拿下花盆，离开了客厅。

三十秒钟之后，阿尔维又回来了。这一次他嘴里咬着一个旧的柳条篮子。

“无似个拉儿子。”阿尔维说。

“什么？”莉兹的妈妈问。

“瓦似个拉架子。”阿尔维的发音比刚才清晰了一点。

“阿尔维，把嘴上的篮子放下来，”莉兹的爸爸说，“你的话谁也听不懂。”

阿尔维顺从地放下了篮子。“我是个篮架子[2]，听懂了吗？”

爸爸妈妈白了他几眼。

“我用嘴拿篮子，所以我是个篮架——”

1 花盆头（pothead）的真实意思为“抽大麻的人”。——如无特殊说明，本文注释均为译注。

2 篮架子（basketcase）的真实意思为“失去四肢的人”。

莉兹的爸爸一手拿着篮子，一手揪着阿尔维的头发。“我们都在想念小莉齐，你这样做是不尊重姐姐。”

“为什么？”阿尔维问。

“好吧，儿子，自古以来道具喜剧就是最低级的幽默。”莉兹的爸爸用教训的口吻说。

“可我是个篮架子，”阿尔维伤心地说，“就像妈妈一样。”他又加了一句。

还没有等莉兹看到妈妈做什么反应，镜头“咔嚓”一下又关了。莉兹又放进去一枚硬币，决定看看别人。

佐伊坐在她的床上，对着电话筒讲话。她的眼睛哭红了。“我真不敢相信她死了。”佐伊说。

这还差不多，莉兹心想。至少有个人知道该怎样悼念她。莉兹听不到那边的谈话，但是佐伊这样伤心，她已经感到满足了，也就不再继续听。

“我跟约翰吹了。我是说，如果他不邀请我去参加班级舞会，我就不会叫莉兹在商店门口跟我见面，那她就不会……”她的声音越来越小，最后听不见了。

“不！”佐伊坚定地说，“我不想去！”过了一会儿，一个柔和的声音说，“此外，我连一套好衣服都没有……”佐伊用脚把电话线缠绕在踝骨上，“嗯，有这件没有带子的黑连衣裙……”镜头“咔嚓”一声关了。

用完了最后两个伊特尼姆之后，莉兹还是不知道佐伊是去，还是不去参加班级舞会。在这段时间里佐伊哭了两次。她的眼泪让莉兹很高兴。（莉兹只有一点点羞愧，她看到好朋友的眼泪居然很高兴。）

开始的时候，莉兹觉得偷听自己亲爱的人很不是滋味，但没过多久她便自我辩解，认为她这样做是为了他们好。莉兹把自己想象成一个漂亮、仁慈、大方的天使，从……从她所在的地方俯视地上的每一个人。

那天晚上离开灯塔时，莉兹意识到要跟踪朋友和家人的后续情况得再花好多个伊特尼姆。她听佐伊那一小段电话交谈就花去了整整三个伊特尼姆。根据她的估算，如果要想及时跟上那边事情的进展，每天至少需要二十四个伊特尼姆，或者说两个小时，也就是说，每五分钟等于现实生活中的一个小时。

“我需要一些钱，”在短短的回家路上，莉兹对开车的贝蒂说，“我希望你能借给我一些伊特尼姆。”

“当然可以。你要钱干吗？”贝蒂回答道。

“嗯，”莉兹说，“我想待在了望平台。”

“莉兹，你真的以为那是个好主意吗？”贝蒂关切地看着莉兹，这使莉兹觉得很讨厌，“也许，你最好还是把时间花在业余爱好上面？”

莉兹对贝蒂的反应事先有心理准备，她立刻反驳。“贝蒂，问题在于，既然我死得这么突然，我想要是能跟人间那边的人和解的话是有好处的。我保证不会永远这样。”莉兹觉得说“和解”有点别扭，不过她知道大人对这种事情是不大在意的。

贝蒂点点头。接着又点了点头。贝蒂似乎是通过点头来掂量莉兹的话。“该花的时间还是要花的。”贝蒂最后说。此外，贝蒂还同意给她钱，莉兹早就知道她会同意的。

莉兹每天有了二十四个伊特尼姆，于是就形成了一个习惯。了望平台离贝蒂的家很近，莉兹可以走去。每天早上一开门她就到了，一直待到晚上关门才离开。

莉兹还是穿着尼罗河号上的那套衣服。她讨厌这套衣服，可是又不想换新的。她穿着睡衣睡觉，每个星期脱下来两次给贝蒂洗。

莉兹通常是把两个小时的观望分散到一整天，不过有时候她也会毫不吝啬地一连花上两个伊特尼姆。如果发生了特别有趣的事情，就一次把所有的钱都花光。

她典型的一天就这样度过：早上花十五分钟看爸爸、妈妈和弟弟（三个伊特尼姆），花一个小时看朋友和所在的班级（九个伊特尼姆），花半个小时看佐伊放学后的活动（六个伊特尼姆），剩下的半个小时（六个伊特尼姆）由她临时决定。

莉兹特别喜欢有人在学校里提起她。开始的时候同学们似乎经常议论她，随着时间的推移（时间并不长），提到她的人越来越少。只有她原来的男朋友爱德华和佐伊偶尔说起她。莉兹活着的时候佐伊跟爱德华的关系并不好，佐伊曾经劝莉兹终止与爱德华之间的关系。而现在他们俩突然亲密起来，这让莉兹感到一种满足。

莉兹知道家里人还想起她，但嘴上并不提起。她真希望家里人能经常议论她。妈妈总是睡她的床，有时候还穿她的衣服，不过穿在身上很紧。莉兹的爸爸是塔夫茨大学的人类学教授，正在家里度假。他一天到晚看访谈节目，还在莉兹的妈妈面前辩解说是在研究一本书，这本书讲的是为什么有人喜欢访谈节目。阿尔维还是继续用他特有的画谜式道具幽默来逗全家人，尽管逗不乐任何人。莉兹看着他表演“从厕所里出来”“击中桶里的鱼”和“观看时间止步”等节目。她特别喜欢阿尔维表演的那个“西瓜头”节目，那是根据原来的“花盆头”改编的，阿尔维会光着屁股拿出一个掏光了瓤的西瓜。

有一次莉兹看到爸爸妈妈做爱，她觉得很恶心，但很迷人。最后她妈妈大声叫唤起来。爸爸打开电视，赶上还有最后半个小时的《吉尼·琼斯》节目。这一切甚至花不到一个伊特尼姆。

看着爸爸妈妈，莉兹想，自己恐怕永远也不能有性生活了。她很可能会孤独地度过这十五年。

有时，每看完五分钟，莉兹便会抚摸耳朵上方的缝线。她不会问贝蒂到哪儿能把缝线取出来。她喜欢它们在那儿。

莉兹经常去了望平台，渐渐地懂得了这里的规矩。

这里有织毛衣的老太太，每隔一个小时来看一眼双筒望远镜。

这里有一些发狂的年轻妈妈，似乎有用不完的硬币。这些妈妈们使莉兹想起有一年暑假在大西洋城看到的一台自动售货机。

还有一些商人对着双筒望远镜发号施令，仿佛人间那边的人能听到似的。莉兹想起爸爸看橄榄球比赛时的情形，他也会常常傻乎乎地对着电视大声叫喊。

有一个年轻人（仍比莉兹的岁数大）每个星期来一次，总是星期四晚上来。虽然是晚上，但他总是戴着墨镜，总是坐在第17号双筒望远镜跟前，随身带着一个装钱的小皮袋，里面刚好有十二个伊特尼姆。每次他都是待一个小时，从不拖延，然后就离开。

有一天晚上莉兹打算跟他聊聊。“你在这儿看谁呀？”她问。

“什么？”年轻人惊讶地转过身来。

“我每个星期都看到你在这里，只是想知道你在这儿看谁。”莉兹说。

那个男人点点头，过了一会儿才说：“看我妻子。”

“你这么年轻就有妻子了？”她问。

“我并不总是这么年轻。”他苦笑着说。

“你运气不错。”她说，看着那人远去的背影，“下个星期四再见。”她的声音太低，那人没听见。

莉兹一天到晚都待在了望平台上，她觉得双筒望远镜跟前的那个金属凳子很不舒服。一天晚上，她离开的时候问那个叫埃丝特的服务员。

“嗯，莉兹，”埃丝特告诉她，“如果椅子坐上去不舒服，那就说明你坐的时间太长了。”

时间过得很慢，也很快。每一个小时、每一分钟、每一秒似乎都是慢吞吞的，然而一个月过去了。在这段时间里，莉兹已经熟悉了如何在每五分钟的间隔中及时投币以避免较长时间的间断。她的脸紧贴双筒望远镜，眼睛四周形成了一个凹陷的圆圈。

贝蒂偶尔问起她有没有考虑过业余爱好。

“我还要一点时间。”莉兹总是这样回答。

贝蒂叹息着。她不想催逼莉兹。“桑迪维·华盛顿又给你打了电话，还有阿道司·根特。”

“谢谢，这个星期晚些时候我给他们回电话。”莉兹撒谎说。

那天晚上，莉兹看见贝蒂跪在床边，向莉兹的妈妈祈祷。“奥利维亚，”她口里念念有词，“我不想再给你添负担，因为我估计你现在的生活够艰难的。我不知道该怎样帮助伊丽莎白。请给我一点暗示，我该做些什么。”

“伊丽莎白，咱们今天出去转转。”贝蒂第二天早上宣布说。

“我已经有安排了。”莉兹表示反对。

“什么安排？”

“了望平台。”莉兹嘟哝着。

“你可以明天去。今天咱们出去观光。”

“可是，贝蒂——”

“不要可是可是的。你到这儿已经整整四个星期了，什么也没看到。”

“我看到了好多东西。”莉兹说。

“是吗？什么东西？人间那边的东西不算。”

“为什么不算？”莉兹质问道。

“不算就是不算。”贝蒂的语气很坚定。

“我不想去观光。”莉兹说。

“那你运气不好，”贝蒂回答道，“今天我不给你去了望平台的钱，这样一来，你就别无选择了。”

莉兹叹了口气。

“如果我的要求不过分的话，你是不是该把那件又脏又破的睡衣换下来？”贝蒂问。

“不嘛。”莉兹回答道。

“我借你一件衣服，你不要的话，咱们到——”

莉兹打断了她的话。“不嘛。”

两个人来到屋子外面后，贝蒂放下了敞篷汽车的顶篷。“你想开车吗？”她问。

“不想。”莉兹打开副驾驶座的车门，坐了进去。

“好的。”贝蒂说着系紧了安全带。过了一会儿她问道，“嗯，为什么不想开？你应该很想开车。”

莉兹耸耸肩。“我就是不想开。”

“我并没有为第一天晚上你撞车的事生气，如果你心里想的是那件事的话。”贝蒂说。

“你听我说，贝蒂，我不想开车因为我不想开车。这里没有什么秘密的含义。再说，如果这次外出就是为了观光的话，我把注意力集中在开车上就观不了什么光了，你说呢？”

“对，说得对，”贝蒂让步了，“你不系安全带吗？”

“系那玩意儿有什么用？”莉兹问。

“跟人间那边一样：可以防止你撞到仪表盘上。”

莉兹的眼珠转动了一下，还是系上了安全带。

“我原来想咱们一起去海滩，”贝蒂说，“你觉得怎么样？”

“随便吧。”莉兹说。

“另界有很漂亮的海滩。”

“太好了。到了就叫醒我。”为了避开更多的谈话，莉兹闭上左眼，假装睡觉，却用右眼看着窗户外面的景观。

莉兹心想，这里的一切太像人间了。看着这些相似的景物，她有点喘不过气来。但是也有区别，这些区别主要体现在细节上。她从车窗里看到了一个免下车电影院——除了在老式电影里之外，她还没见过真正的免下车电影院。公路上一个身穿日常服装、年龄六七岁的女孩开着一辆多用途跑车。远处她看到了埃菲尔铁塔和自由女神像，不过都是微缩景观。莉兹看到公路的旁边有一连串的小木牌，每隔十米一块。每块木牌上写有一行诗：

你也许死了，

但你的胡子仍在长，

女士们讨厌胡子拉碴，

在另一个世界也如此。

缅甸剃须

“缅甸剃须是什么东西？”莉兹问贝蒂。

“是一种剃须膏。我活着的时候，美国的公路上到处都有这种木牌子，”贝蒂回答道，“等到你出生的时候这些木牌子被广告牌取代了，不过它们一度非常流行。”说到这儿贝蒂笑了，“你会发现另界也是一个旧风尚会销声匿迹的地方。”

“哦。”

“我以为你睡着了呢。”贝蒂说着，扭过头来看莉兹。

“我是睡着了。”莉兹回答。她又合上了左眼。

莉兹注意到这里比人间要安静一些。她看到另界以自己的方式美丽着。虽然没有什么规划，但很可爱。虽然很可爱，但莉兹讨厌这里。

大约一个小时后，贝蒂叫醒了莉兹。原来她真的睡着了。“到了。”贝蒂说。

莉兹睁开眼睛望着窗外。“是的，看样子是个海滩，”她说，“和你家旁边的那个海滩一样。”

“关键是这一路上的景观，”贝蒂说，“你不想下车吗？”

“不下算了。”莉兹回答说。

“那么咱们一起到礼品店去歇歇脚总可以吧？”贝蒂恳求

道，“也许你想买点纪念品呢。”

莉兹看着水边一幢茅草顶的小屋子，满腹狐疑。小屋子的结构很简陋，又处于这样的位置，好像随时都会被风刮走似的。门廊上挂着一块很结实的金属牌子，显得很不协调。牌子上写着：

愿你在此

小家具、小古董、小摆设，

廉价珠宝、廉价装饰品、新奇小玩意儿。

其他杂物供识货的顾客挑选

“你觉得怎么样？”贝蒂朝莉兹微笑着说。

“那我给谁买纪念品呢？”莉兹问。

“给你自己买呗。”

“纪念品总是带回去给别人的，”莉兹哼着鼻子说，“我不认识其他的人，也不回去。”

“并不永远是这样，还没到时候。”贝蒂回答道，“来吧，你要什么我都给你买。”

“我什么也不想要。”莉兹说着，跟随贝蒂走进这家破烂的礼品店。里面没有人。现金出纳机上有一个罐子，上面有一条告示：“外出吃中饭。想买什么东西自己拿，把钱放在罐子里。你可以自己砍价，但不要把价格告诉其他人。”

为了不让贝蒂扫兴，莉兹挑选了六张一本的另界明信片和一个塑料水晶球。水晶球里有一艘微型的尼罗河号轮船，漂浮在让人厌恶的蓝色水面上。圆锥形的底座底部用红字写着“愿你在此”几个字。

“你想要一块另界的海滩浴巾吗？”贝蒂问。莉兹把她挑的那两件物品放在柜台上。

“不用了，谢谢。”莉兹回答说。

“真的不要吗？”

“真的。”莉兹简洁地说。

“那么，来一件T恤衫怎么样？”

“不用，”莉兹大声叫了起来，“我不要什么鬼T恤衫！什么海滩浴巾！什么也不要！我只要回家去！”

“好吧，小宝贝，”贝蒂叹息，“你到外面等我，我把这些东西算一算。”

莉兹一阵风似的冲出商店，手里拿着那个水晶球。她坐在汽车里等贝蒂。

莉兹摇了摇水晶球，那艘微型尼罗河号猛烈地撞在塑料的圆顶上。她使出更大的力气猛摇。黏乎乎的蓝色浊水漏到了她的手上。圆顶合缝处有一道小口子。莉兹推开车门，把水晶球扔到路面上。水晶球没有摔碎或者炸裂，而是像个橡皮球似的在地上蹦跳，最后停在一个小女孩的脚边。这个小女孩穿着一件粉红色圆点花纹的比基尼。

“是你掉的。”女孩朝莉兹喊道。

“是的。”莉兹附和着说。

“你不要了吗？”那个女孩从地上拾起水晶球。

莉兹摇了摇头。

“给我行吗？”女孩问。

“你拿去吧。”莉兹回答道。

“天空不会掉到这里来的，不会的。”女孩说着，转动了一下水晶球，这样所有的雪都聚集到了圆顶上。她用小指按住漏洞。

“你这是什么意思？”莉兹问。

“跟这儿一样。”女孩把水晶球倒转过来。

“你是说雪，”莉兹说，“你是说这里不下雪？”

“不怎么下，不怎么下，不怎么下，”她像唱歌似的说着，走到莉兹跟前，“你好大哟。”

莉兹耸耸肩。

“多大岁数了？”

“十五。”

“我四岁。”女孩回答道。

莉兹看着这个孩子。“你是真的小孩子还是假装的小孩子？”

女孩把眼睛睁得老大老大。“你这是什么意思？”

“你是真的四岁，还是冒充四岁？”莉兹问。

“你这话是什么意思？”女孩抬高了嗓门。

“你是永远都四岁，还是现在长到了四岁？”

“这我就不知道了。我四岁，四岁！”女孩大声叫嚷，“你好小气。”女孩说着把水晶球扔到莉兹的脚下，跑了。

莉兹拾起水晶球，又摇了摇。她把里面剩下的蓝色液体全部倒掉，让里面只剩下一团水晶般的人造雪。

贝蒂从礼品店走了出来，手上拎着一个小纸袋。

“这是我给你买的。”贝蒂对莉兹说。她把纸袋抛给莉兹。袋子里面是一件T恤衫，上面印有一句话：“外婆到了另界，给我买的就是这件臭T恤衫。”

莉兹的脸上第一次露出了笑容。“真的有点臭。”莉兹附和着说。她把T恤衫穿在睡衣外面。

“我就知道你会喜欢的。”贝蒂说，“我对自个儿说，T恤衫作为真正有意义的礼品的机会不多了。”说到这儿，贝蒂笑了。

莉兹第一次仔细地看着贝蒂。只见贝蒂长着深褐色的头发，笑的时候眼眶四周有浅浅的皱纹。贝蒂长得很漂亮，莉兹心想。贝蒂像妈妈，也像我。她很有幽默感……突然，莉兹意识到外婆可能有更重要的事情要做，没时间跟她这个乖戾的孩子折腾。她想就今天的事情，还有别的事情向外婆道歉。她想说这一切不是贝蒂的过错。“贝蒂。”她柔声地说。

“什么事，小宝贝？”

“我……我……”莉兹终于说，“我的水晶球上有一个漏洞。”

那天晚上，莉兹把六张明信片都写好了。她给爸爸、妈妈写了一张，给佐伊一张，爱德华一张，露西一张，阿尔维一张。最后那张是写给生物老师的，这个老师没有参加她的葬礼。

亲爱的藤山博士：

您现在大概已经听说我死了。也就是说，我不能参加今年的地区科学展览会了。对此我感到非常失望，我肯定您也会很失望的。我死的那会儿觉得自己在蚯蚓研究方面有了真正的进步。

我原来特别喜欢您的课，现在在~~我生活~~我所处的地方，仍继续听您讲课。解剖猪看起来很有趣，我原来想自己试一试。不幸的是，我们这里没有死猪供我解剖。

这里也不错。绝大多数的时候，天气很好。我跟我外婆贝蒂一起住，她已经很老了，可是看上去却很年轻。（说来话长）

您没有参加我的葬礼，我感到很失望，因为您是我最好的老师，包括小学和中学的老师。就不再给您添麻烦了，藤博士。:)

你的

伊丽莎白·玛丽·霍尔，五年级生物课学生

莉兹给六张明信片全贴上邮票，放进邮箱里。她知道这些明信片永远也到不了目的地。由于没有寄信人的地址，这些明信片至少不会返回到她手上。莉兹想，要是给真正能收到的人写明信片那才有意思呢。

回到了望平台后，莉兹对这种五分钟为一个单元的观看方式感到很气恼。某件事她刚刚看到兴头上，镜头却“咔嚓”一下关了。她觉得总像漏掉了什么似的。比如，要开班级舞会了。佐伊最近决定还是跟约翰一起去。既然佐伊要去参加，莉兹就很想看到全过程，中间没有间断。也许，要是她有四十八个伊特尼姆，而不是二十四个，那感觉会不会好一点？她决定找贝蒂多要几个伊特尼姆。

“贝蒂，我每天要多花几个伊特尼姆。”

“你究竟想要多少个？”贝蒂问。

“我在想，也许一天四十八个。”

“小宝贝，那个数目可不小啊？”

“我以后会还给你的。”莉兹保证。

“我说的不是钱，而是担心你把那么多时间花在了望平台上。”

“你又不是我妈妈。”

“这我知道，莉兹，可我还是有点担心。”

“天哪，我讨厌这样！”莉兹一阵风似的跑出房间，猛地倒在床上。她躺在床上，盘算着三天不去了望平台，把攒下来的钱用来看班级舞会。这是个很大的牺牲。由于没有朋友和其他的娱乐活动，她整天只能待在贝蒂家她自己的房间里，担心自己会错过人间那些熟人的活动。三天似乎长得没有止境，但她攒下了观看班级舞会的钱。

莉兹还说服埃丝特在关门时间到了以后让她多待会儿。埃丝特并没有完全同意，不过她特地把灯开关的位置指给莉兹看。

举行班级舞会的那天晚上，莉兹看到佐伊吃着蘸有巧克力汁的草莓，拨弄着带有照片的钥匙圈，在一支感伤的歌谣中缓缓起舞。没过多久，她看到佐伊在举行舞会的宾馆内一间别致的房子里失去了童贞。出于对佐伊的尊重，莉兹只看了三十秒就用手遮住了右眼。她特别注意到了佐伊的舞会服装。这套衣服本来是让莉兹去帮她挑选的，现在卷成一团放在墙角。

还没结束的时候，莉兹就走开了。现在离了望平台关门还有整整两个小时。她不想回家面对贝蒂，也没有别的地方可去。莉兹决定到贝蒂家附近的公园坐一坐。

过了一会儿，一条毛茸茸的长毛狮子狗坐到莉兹身边的椅子上。“你好。”那条狗好像在跟她打招呼。

莉兹拍了拍狗的脑袋，算是打了个招呼。从前她就是这样对待露西的。莉兹这时比任何时候都想家。

狗歪着脑袋。“你好像有点忧伤。”

“也许有那么一点。”

“是什么事烦你呀？”狗问道。

莉兹考虑了一下狗提出的问题，然后才作出答复。“我很寂寞。还有，我讨厌这个地方。”

狗点点头。“在我后脑勺的衣领下面挠挠好吗？我的爪子够不到那儿。”

莉兹挠了挠狗的后颈。

“谢谢，好多了。”狗发出愉快的呼哧声，“那么，你说你很寂寞，很讨厌这个地方？”

莉兹又点点头。

“我建议你别再寂寞，别再讨厌这里了。这个方法对我很有效。”狗说，“哦，快乐一点！快乐比伤心要容易一些。伤心要花费很多工夫。太累人了。”

公园对面有一个妇女在喊她的狗：“阿诺德！”

“得走了！我的两条腿主人在喊我！”狗从椅子上跳了下去，“再会！”

“再会。”莉兹说，可是狗已经走远了。

幸运的出租车

班级舞会过后，莉兹不再看佐伊和学校里的任何人了。她现在只看自己的家人。

一天晚上，了望平台要关门的时候，莉兹问埃丝特：“这望远镜是怎样工作的？”

埃丝特做了个鬼脸。“这么长时间了，你应该知道。放进一枚硬币，然后——”

莉兹打断了她的话。“我是想说，这望远镜到底是怎么工作的？我除了睡觉之外都把时间花在这里，可什么都不知道。”

“我估计跟别的双筒望远镜没什么两样。两个圆柱形的管子，里面放着一系列的凸镜，组合成一个图像——”

莉兹又打断了她的话。“是的，这些我都知道。我在，嗯，五年级的时候学过这些知识。”

“你好像什么都懂啊，莉兹，干吗还要打搅我呢？”

莉兹对埃丝特的话不加理睬。“人间这么远，而这些双筒望远镜的倍数似乎不是很大。你是怎样一直看到人间那边去的呢？”

“这话还有点道理。也许人间并不是很远。”

莉兹哼了一声说：“埃丝特，你这个想法倒很妙啊。”

“是吗？”埃丝特笑了，“我想这就像一棵树，因为每棵树实际上是两棵。一棵是有树枝的，人人都看得见，还有一棵是倒着长的。因此，人间就是枝叶，另界是树根，朝相反但又对称的方向长。树枝并不考虑树根，也许树根也不怎么考虑树枝，但是它们时刻都由树干相连。虽然从树根到树枝看起来很遥远，但实际上并不远。你总是连着的，只是彼此之间不考虑——”

“埃丝特！”莉兹第三次打断了她的话，“那双筒望远镜是怎样工作的呢？双筒望远镜怎么知道我想看什么？”

“这是个秘密，”埃丝特回答道，“我可以告诉你，但我得杀了你。”

“这可不怎么好笑了。”莉兹抬腿就走。

“好吧，小莉齐，我来告诉你。走近一点，我对着你的耳朵低声说。”

莉兹顺从地走了过去。

“再问一遍，”埃丝特说，“说请问。”

“埃丝特，请问，双筒望远镜是怎样工作的？”

埃丝特靠近她，朝她的耳朵里低声说：“是——”她停顿了一下，“魔术。”埃丝特笑了。

“我不知道为什么要费这个劲来问你。”

“你没有朋友，你非常寂寞。”

“谢谢。”莉兹一阵风似的跑出了了望平台。

“明天见，莉兹。”埃丝特兴高采烈地喊她。

八月十二日到了，这一天在人间本来是莉兹的生日。跟平常一样，莉兹这一天又待在了望平台上。

“小莉齐今天十六岁。”妈妈对爸爸说。

“我知道。”爸爸说。

“你想他们会找到肇事者吗？”

“我不知道。”爸爸回答说。“但愿能找到。”他补充了一句。

“是一辆出租车！”莉兹冲着双筒望远镜大声叫嚷，“一辆黄色的旧出租车，后视镜上挂着一个四叶红花草形状的空气清新器！”

“他们听不见你的。”一个老奶奶模样的人告诉莉兹。

“这我知道。”莉兹厉声说，“嘘！”

“他干吗不停车呢？”莉兹的妈妈问爸爸。

“不知道。至少他用公共电话给911报了警，只是那已经没有用了。”

“那他还是应该停车的。”莉兹的妈妈哭了起来，“我是说，你撞着一个十五岁的孩子了，你应该停车，对吗？是个体面的人就应该这么做，对吗？”

“不知道，奥利维亚。过去我也是这么想的。”莉兹的爸爸说。

“而且我不相信没人看见！我是说，一定有人看见了，一定有人知道，一定有人——”

莉兹的时间到了，镜头“咔嚓”一下关上了。她一动也不动，两眼紧紧盯着已经关闭的镜头，脑子里一片漆黑。

得知撞死自己的司机驾车逃跑了，莉兹十分气愤。不管是谁撞了我，就应该承担后果，她想。不管是谁撞了我，他都应该坐很长时间的牢，她想。就在那一刻，莉兹决定找到那个出租车司机，然后想办法告诉爸爸妈妈。她“啪”的一声把一枚伊特尼姆塞进孔里，开始在大波士顿地区搜查所有的黄色旧出租车，搜查那辆后视镜上挂着一个四叶红花草形状的空气清新器的出租车。

莉兹有条不紊地搜寻着那辆幸运的出租车（这是她给那辆车取的名字），逐个观看在剑桥画廊附近地区服务的所有停车场和所有出租车公司的调度室。这个地区虽然只有四家出租车公司，但她还是花了整整一个星期——五百多个伊特尼姆——才找到那辆出租车。这些钱莉兹是向贝蒂要来的，说是去买衣服。贝蒂很高兴地给了她钱，并没有问太多的问题。她只是交叉着食指和中指，祈求莉兹早点走出沮丧的低谷。

出租车司机的驾驶执照上有那个人的名字：阿玛多·波纳米。他驾驶着三爱司公司的第512号出租车。莉兹一下子就认出了这辆车，上面有一个四叶红花草形状的空气清新器，车的年龄比阿尔维还大，兴许比莉兹还大。莉兹看到这辆车时感到很惊讶，它撞死了莉兹，车身上却没有任何损伤。

莉兹从找到出租车的第二天起就开始监视那个司机。阿玛多·波纳米高高的个子，黑色的卷发，皮肤跟椰子壳一样的颜色。他妻子怀孕了。他晚上在波士顿大学听课。阿玛多·波纳米开车送人到机场的时候总是帮人家拿行李。他从来不故意走弯路，即使乘客是外地人也是如此。莉兹注意到他很少高速行驶，她还注意到这个司机几乎是很虔诚地遵守交通规则。虽然车破旧了些，但他照料得很好，每天都打扫座位。他经常给乘客演哑剧逗乐，或者收听国家公共电台的节目。他跟莉兹的妈妈在同一个地方买面包。他有个儿子跟莉兹的弟弟在同一所学校上学……

莉兹推开双筒望远镜，意识到自己没有必要知道阿玛多·波纳米的这些事情。阿玛多·波纳米是个杀人犯。他杀了我，她心想。他应该受到惩罚。就像她妈妈说的那样，开着又脏又旧的出租车撞了人，然后让人家死在路上。莉兹的脉搏剧烈地跳动着。她需要找到一个方法把阿玛多·波纳米告诉给爸爸妈妈。她站起身来，走出了望平台，由于有了目标，她容光焕发，有很长时间没有这样充满朝气了。

出去时，她碰到了埃丝特。

“天还没黑你就走了，这可是第一次，很高兴见到你走。”埃丝特说。

“是啊。”莉兹停下了脚步，“埃丝特，”她说，“你不知道怎样跟活着的人联系，对吗？”

“联系？”埃丝特说，“你怎么了？为什么要知道这个？只有那些混账的傻瓜才去和人间联系呢。跟活着的人谈话没什么好结果。只有痛苦和烦恼。上天有眼，我们的痛苦和烦恼已经够多的了。”

莉兹叹了口气。听到埃丝特的答复后，她知道了关于跟活人联系的事，不能随便问任何人。不能问贝蒂，因为她为莉兹的事已经够着急的了。不能问桑迪，她可能会怪莉兹没有给她回电话。也不能问阿道司·根特，他再过一百万年也不会帮莉兹这个忙的。只有一个人可能会帮她的忙，那就是柯蒂斯·杰斯特。可惜，自从在尼罗河号上观看葬礼之后，莉兹就再也没有见过他。

早些时候，另界到处流传着有关柯蒂斯死亡的消息。由于柯蒂斯是个摇滚乐明星，是个名人，所以大家对他的到来很感兴趣。滑稽的是，生活在另界里的人大多数没有听过他的音乐。柯蒂斯只是在莉兹这一辈人中间很有名气，而在另界跟莉兹同辈的人相对很少。于是大家的兴趣迅速降温，到了莉兹生日这一天，柯蒂斯·杰斯特变得默默无闻了。

莉兹决定鼓起勇气跟桑迪打电话。桑迪眼下在一家电视台当播音员，专门朗读那些即将到达另界的人的名单，这样人们就可以到另界码头上去迎接新来的人。莉兹想，桑迪也许知道柯蒂斯·杰斯特在哪里。

“你干吗要找他呢？”桑迪问。她的口气中充满了敌意。

“他这个人碰巧很有意思。”莉兹说。

“据说他当了渔民，”桑迪说，“你去码头兴许能碰到他。”

渔民？莉兹想。钓鱼这活儿太平常了。这有点让人费解。“柯蒂斯·杰斯特为什么要去当渔民？”莉兹问。

“这我就不知道了。没准他喜欢钓鱼？”桑迪提出自己的看法。

“可是另界也有音乐家呀。柯蒂斯为什么不去当音乐家呢？”

桑迪叹了一口气。“他已经当过一回音乐家了，莉兹。音乐显然已经无法再给他带来快乐。”

莉兹想起了他手臂上的伤疤。她不知道将来会不会忘记那些伤疤。但是，柯蒂斯不搞音乐而干别的，那似乎是完全错误的。也许见到他之后莉兹会问他的。

“谢谢你告诉我。”莉兹说。

“不用谢，”桑迪回答道，“可你知道，伊丽莎白，你一连几个月不回人家的电话是不对的。最后，你想起来要打电话的时候却问的是其他人的事情。也不道歉。连一声‘桑迪，你怎么样了？’都没有。”

“对不起，桑迪。你怎么样了？”莉兹问。虽然相互看不见，莉兹仍然为自己冷落了桑迪而感到内疚。

“不错。”桑迪回答。

“不过最近我不是特别的好。”莉兹道歉。

“你以为我容易吗？你以为我们这些人容易吗？”桑迪“啪”地挂上了电话。

莉兹乘坐公共汽车来到了另界码头。果然，她远远地看见了柯蒂斯，一只手拿着钓鱼竿，另一只手端着一杯咖啡。柯蒂斯穿着一件褪色的红格子衬衫，原来显得苍白的皮肤有了一层金色的光泽。他的蓝头发长了很多，但他那双蓝色的眼睛还像过去一样炯炯有神。莉兹不知道柯蒂斯是不是还记得她。很巧，柯蒂斯一看见她就朝她微笑。

“喂，小莉齐，”柯蒂斯说，“你的身后生活过得怎么样？”他从一个红色的保温瓶里给莉兹倒了一杯咖啡，示意莉兹就坐在他身边的码头上。

“我想问你一个问题。”莉兹说。

“听口气好像是个很严肃的问题。”柯蒂斯的身体坐得更直了，“小莉齐，我会尽我最大的努力来回答你。”

“在船上的时候你对我是很诚实的。”莉兹说。

“人越诚实越好嘛。”

莉兹压低了嗓门。“我需要跟一个人取得联系，你能帮我的忙吗？”

“你知道自己这是要干什么吗？”

对这个问题莉兹早有了心理上的准备，她预先准备了好几个谎话。“我并不是迷上了什么。我喜欢这里，柯蒂斯。只是我在人间那边还有一件事要办。”

“什么事？”柯蒂斯问。

“跟我的死亡有关。”莉兹犹豫了片刻，然后一五一十地把出租车司机撞死她后逃跑的事讲了一遍。

她讲完之后，柯蒂斯没有立刻说话。过了一会儿，他说：“我不知道你是怎么想到我会知道这件事的。”

“你看上去像个有学问的人，”莉兹说，“再说，我也没有别的什么人可以问了。”

柯蒂斯笑了。“我听说有两种方法可以跟活着的人交流。第一，你可以找条船回到人间去，不过我想这对你来说不是个实际的解决办法。你要花很长时间才能到达人间，而且据我所知，这样做还会搞乱我们这里倒着往回长的秩序。再说，你现在总不想做个鬼，对吧？”

莉兹摇了摇头，想起了自己刚刚到达另界时心中是怎样考虑这个问题的。“第二种方法呢？”

“我听说过一个地方，离陆地大约一英里，但有好几英里深。显然它就是海洋里最深的地方。人们管它叫海井。”

莉兹记得她第一大到达这里的时候曾经听阿道司·根特提起过海井。阿道司还说那个地方禁止任何人去。“我想我听说过。”她说。

“有可能，如果你能到达那个地方的底部——可那是很困难的——你就会看到一个窗户，你可以从那里进入人间。”

“那跟了望平台有什么区别吗？”莉兹问。

“双筒望远镜只是单向的，但据说在海井里，活人能感觉到你、看见你、听见你。”

“这么说，我可以跟他们说话？”

“是的，我听说是这样，”柯蒂斯说，“不过他们很难听见你的声音。你在水底的声音听上去很模糊。你需要潜水设备，另外，还要会游泳。”

莉兹呷了一口咖啡，心里想着柯蒂斯告诉她的情况。她是个游泳能手。去年夏天她和妈妈还一起在科德角获得了使用潜水器的资格证书呢。那只是一年前的事情吗？她不确定。

“我不知道该不该把这个情况告诉你，不过，反正你也可能从别人那里得知。我从来就不知道什么是应该做的事情。至少不知道什么是应该做的，并且身体力行地去做。”

“谢谢你。”莉兹说。

“小心点。”柯蒂斯说着，抱了她一下，她感到很惊慌。“我得问你，你真的要这么做吗？也许最好还是别去惹是生非。”

“我非得这么做不可，柯蒂斯。我别无选择。”

“小莉齐，亲爱的，总有别的选择吧。”

莉兹不想跟他争论，再说柯蒂斯对她这么好。不过，她还是忍不住说：“我并没有选择死亡。就这件事来说，我也是别无选择。”

“你当然没有选择死亡，”柯蒂斯说，“我想我刚才的意思是，在可以作出选择的情况下，总是有别的选择的。你明白了吗？”

“不是很明白。”莉兹说。

“嗯，小莉齐，我得好好地补一补哲学课，然后再来跟你辩论。我发现以钓鱼为生后，我有很多时间进行哲学思考。”

莉兹点点头。她离开码头的时候才意识到自己刚才忘记了问他为什么要当渔民。

惊心动魄的潜水

莉兹一心忙着为潜水作准备。虽然她当时没怎么留意，但每天在了望平台上的时光越来越让她不满意：每天都跟前一天一样，模糊的图像变得越来越模糊，眼睛发涨，背也弯痛了。她现在体验到了一个有使命感的人才会体验到的那种焕然一新的精力。她走路时步伐更大，心跳比往常更快，食欲增加了，早起晚睡。自从到达另界之后，她第一次感到自己有了生机。

柯蒂斯说海井“离陆地有一英里远”，可他没有具体说在什么地方。在了望平台上窃听了两天，并且间接地问了埃丝特几次之后，莉兹发现海井跟灯塔和了望平台是连着的，要去那里，就得沿着灯塔的一侧游去。

为了买潜水设备，莉兹又跟贝蒂“借”了七百五十个伊特尼姆。

“你要这么多钱干吗？”贝蒂问。

“买衣服。”莉兹撒谎说，不过她知道自己的谎话有一半是真的。潜水衣也是衣服嘛，对不？“如果我要寻找业余爱好，总得有衣服穿吧。”

“我给你的那五百个伊特尼姆都干什么用了？”

“还在我这儿呢，”莉兹又撒了个谎，“我还没有花掉，不过我还需要一些钱。除了那件睡衣和你给我的T恤衫之外，我什么都没有。”

“要我跟你一起去吗？”贝蒂问。

“我还是一个人去吧。”莉兹说。

“你知道，我可以给你做衣服。我是个裁缝。”贝蒂说。

“嗯，那倒不错，不过我还是喜欢商店里买的。”

贝蒂就这样做了让步，尽管她可以肯定莉兹在那五百个伊特尼姆的去处上撒了谎。贝蒂尽量做到：第一，耐心；第二，为莉兹提供一个宣泄悲伤情绪的地方；第三，等待着莉兹回到自己的身边。《如何跟最近死去的孩子交谈》一书中就是这么写的。贝蒂最近一直在读这本书。贝蒂强作笑脸。“我开车送你到另界东市场去。”她说。

莉兹表示同意，反正潜水商店在那一块，不过由于明显的原因，她说回来的时候要坐公共汽车。

莉兹买了一个潜水氧气瓶，比她和妈妈在人间租用的要小一些，也要轻一些。它就叫作“氧气瓶”。售货员说这个氧气瓶里的氧气永远都用不完。为了照顾贝蒂的情绪，她还买了一条牛仔裤和一件长袖T恤衫。

莉兹把潜水设备藏在床底下。她对贝蒂撒了谎，感到很内疚，但她又把这些谎言看作必要的邪恶。她考虑过把潜水的打算告诉贝蒂，但她也知道那样做只会让贝蒂担心。

自从上次在人间那边潜水到现在已经一年了。她不知道自己是否还记得潜水的步骤。她打算先练习一下，但最后还是决定放弃。一件事如果要做的话，就得马上去做。

由于海井是一块禁地，莉兹决定在日落之后再出发。她把设备装进一个大垃圾袋里，身上穿着潜水衣，外面再罩上那条新牛仔裤和长袖。

“这是你今儿买的吗？”贝蒂问。

莉兹点点头。

“你不穿睡衣漂亮多了。”贝蒂挪动身体，要找一个更好的角度仔细看一看莉兹，“不过这套衣服合不合身，我可说不上。”贝蒂想扯直莉兹的长袖，但莉兹躲开了。

“很好！”莉兹固执己见。

“好吧，好吧。明儿早上把你买的其他东西给我瞅瞅？”

莉兹点点头，目光却移到了别处。

“你究竟要到哪儿去呀？”贝蒂问。

“那个叫桑迪的女孩要开一个晚会。”莉兹撒了一个谎。

“嗯，好好地乐去吧！”贝蒂朝莉兹笑了笑，“哦，对了，这垃圾袋里是什么？”

“是带去晚会的东西。”莉兹发现谎话一旦开了头，说起来就很容易。关键是（在莉兹之前很多人也发现）你得把谎一直撒下去。

莉兹走了之后，贝蒂决定到她的房间去看看她的新衣服。贝蒂发现壁橱里空荡荡的，但在床底下发现了一个纸盒子，上面有“无穷氧气瓶”的字样。联想到莉兹那宽松的外衣和手上那个大塑料袋后，贝蒂决定去把外孙女找回来。《如何跟最近死去的孩子交谈》一书中还讲到你得知道什么时候停止给予孩子足够的空间。

在潜水之前，莉兹来到了望平台，想再看一次阿玛多·波纳米。阿玛多的车是空的，他高速行驶着，不知要去哪儿。接着，他在一所小学前停了车——莉兹的弟弟也在这里上学——然后下车，朝学校走去。接着，他又跑了起来。走廊的尽头，一个老师站在一个戴眼镜的小男孩面前。

“他在废纸篓里呕吐，”那个老师说，“还不让我们给你打电话。”

阿玛多一只脚跪在地上。“好儿子，是肚子不舒服吗？”他说话带有海地法语的口音。

男孩点点头。

“我开车送你回家去，好吗，宝宝？”

“你今天不是要去开出租车吗？”男孩问。

“不，不。明天我可以把这钱赚回来。”阿玛多用手臂举起男孩，朝老师眨了眨眼。“谢谢你给我打电话。”

双筒望远镜“咔嚓”一下关了。

莉兹的心跳得很厉害。她想打人或者砸东西。无论如何她得马上离开了望平台。

来到外面后，她看到海滩上的人都走了。她脱下牛仔裤和长袖，但没有下去潜水的意思。她只是坐在那里，膝盖顶着胸口，想着阿玛多和他的小男孩。她越想，脑子越乱，越想越不愿再去想他们。

有人在喊她的名字。“莉兹！”是贝蒂。

“你怎么知道我会在这儿？”莉兹问。她避开了贝蒂的目光。

“我并不知道。但有一个地方我肯定你不会去，那就是桑迪的晚会。”

莉兹点点头。

“哦，只是玩笑话。”贝蒂看着莉兹身上的潜水衣，“其实，我发现了你房间里装氧气瓶的空盒子，就知道你要跟那边联系了。”

“你生气了吗？”莉兹问。

“至少我知道你把钱花到哪儿去了，”贝蒂说，“这又是一句玩笑话。我读的那一本书里说，幽默是对付困难处境的好办法。”

“什么书？”莉兹问。

“书名是《如何跟最近死去的孩子交谈》。”

“有帮助吗？”

“没太大的帮助。”贝蒂摇摇头，“说真的，莉兹，我当然希望你没撒谎，但我也不生气。我希望你能回到我身边，不过我现在知道你也不容易。你也许有你的原因。”

听了贝蒂的话，莉兹很感动，她想阿玛多也可能有他的原因。“我看见了那个出租车司机。我是说，那辆撞死我的出租车。”莉兹说。

“他长得什么模样？”

“他看上去挺好的一个人。”莉兹停顿了一下，“你知道吗？撞死我后，司机驾车逃跑了。”

“知道。”贝蒂回答。

“他为什么不停车？我是说，如果他是个好人的话。他看上去像个好人。”

“我肯定他是个好人，莉兹。你将来会发现，人哪，没有全坏的，也没有全好的。有时候，他做了一点好事，但整个是个坏人。也有时候，他大部分是好的，但有那么一丁点儿坏。我们大多数人都在这两者之间。”

莉兹哭了起来，贝蒂把她搂在怀里。就在这一刻，莉兹知道她今天或将来什么时候都不会告诉别人阿玛多是那辆幸运出租车的司机。她知道即使讲了也无济于事。她估计阿玛多也许是个好人。他不停车一定有他的理由。即使他没有理由，莉兹突然想起了另外一件事，一件她一直不愿意记起的事。

"贝蒂，"莉兹带着泪水说，"那天在购物中心，我过马路时没有朝两头看。红绿灯已经变绿了，可我没看见，我在想一件事。"

"什么事？"贝蒂问。

"真傻啊。我当时在想我的怀表，想着我应该把表带到商店里去修，可我老是忘记。我在想，回去拿来不来得及，可我又拿不定主意，因为我不知道几点了，因为我的怀表坏了。这是一个毫无意义的大怪圈。哦，贝蒂，是我的过错。完全是我的过错，而我现在永远地陷在了这里！"

"只是看起来像是永远，"贝蒂柔声说，"实际上就那么十五年。"

"即使让他去坐牢我也不能复生，"莉兹嘀咕着，"什么都无法让我复生。"

"那么你原谅他了？"

"我不知道。我想去，可是……"莉兹的声音越来越小，最后听不见了。她感到一阵空虚。刚才是愤怒和报复给了她力量。现在，没有老朋友给她撑腰，她只剩下了一个问题：现在怎么办？

"咱们回家吧。"贝蒂说着，一只手拎起垃圾袋，另一只手拍去莉兹潜水衣上的沙粒。

回家的路很远，但她们还是一路走了回来。夏天的空气很暖和，莉兹的潜水衣粘在皮肤上。

一块草地上，一个男孩和一个女孩正在自动喷水机之间跑着。这时天已经黑了。

在门口的走廊上，一个枯瘦的老头驼着背，手拉着一个红头发的年轻漂亮女孩，来回踱步。莉兹想那个老头一定是女孩的爷爷，最后她看到这对男女竟亲吻起来。“爱你。”红头发的女孩在老头的耳旁低声说道。她久久地凝视着老头，仿佛老头是世界上最帅的男人。

在另一块草地上，两个年龄相仿的男孩在抢一个很破旧的棒球。“咱们进去吗？”一个男孩停了下来问另一个男孩。

“没门儿，爸爸，”另一个男孩说，“咱们继续玩吧。”

“好吧，咱们玩它一夜！”第一个男孩说。

于是莉兹第一次认真地观看贝蒂住的这条街。

她们在贝蒂红褐色的房子前停了下来。墙上涂着一层醒目的紫色。（看上去很奇怪，但莉兹以前从来没有注意到过。）

空气中弥漫着夏日阵阵的浓香。是从贝蒂的花园里飘过来的。莉兹想，香气很甜蜜、很忧郁。有点像死亡，又有点像爱情。

“贝蒂，我再也不去了望平台了。我要去找一个业余爱好，找到之后我会把欠你的钱都还给你的。”莉兹说。

贝蒂盯着莉兹的眼睛。“我相信你。”贝蒂握着莉兹的手，“我也很感谢你。”

“关于那钱的事，我对不起你了。”莉兹摇了摇头，“这些日子里，我不知道你注意到了没有……问题是，我想我可能有点沮丧。”

“这我知道，小宝贝，”贝蒂回答说，“我知道。”

“贝蒂，”莉兹问，“这么长时间以来你干吗要一直容忍我呢？”

“首先，是为了奥利维亚，我想。”贝蒂思考了片刻然后回答，“你长得真像她。”

“谁也不愿意因为妈妈的缘故而被人喜欢。”莉兹说。

“这我一开始就说过了。”

“那么，不仅仅是因为妈妈的缘故喽？”

“当然不是。小宝贝，是因为你。也因为我。主要还是因为我自己。我一个人孤独生活了这么久。”

“从你来到另界那天算起吗？”

“恐怕比那还要长。”贝蒂叹息，“你妈妈没跟你讲过我们为什么吵架吗？”

“你有风流韵事，”莉兹一五一十地讲述着，“有很长时间妈妈不能原谅你。”

“是的，那是真的。当时我很寂寞，打那以后我一直都很寂寞。”

“你没想过再去找个男朋友？”莉兹很圆滑地问。

贝蒂摇摇头，笑了。“我的爱情完了，至少那种浪漫的爱情没有了。我活得太久，看到的事情太多了。”

“妈妈已经原谅你了。我是说，我的名字就是为了纪念你而取的，对吗？”

“也许吧。我想我死的时候她只是感到伤心而已。现在，我们该睡觉了。”

第一次，莉兹睡觉没有做梦。以前，她老梦见人间。

她早上醒来的时候，给阿道司·根特打了个电话，谈到了家畜科的那份工作。

萨 迪

“你第一份真正的工作！”贝蒂高兴地喊道，“太好了，小宝贝！到了那里后，一定要记得让我给你照相。”

贝蒂没听到回应，朝客座那边望了莉兹一眼。“今儿早上你够安静的。”她说。

“我在想问题。”莉兹回答道。她希望工作的第一天不会被人家炒鱿鱼。

除了偶尔给人家照料孩子之外，莉兹以前从来没有过“真正的工作”。并不是她不喜欢工作，佐伊在商店里有一份工作，她也主动提出到那儿去找一份，可是爸爸妈妈不让她去。“学校就是你的工作。”爸爸总喜欢说。

妈妈也表示同意：“你今后要工作一辈子的。”莉兹得意地想，妈妈在这一点上肯定错了。

她感到为难的是要说犬语。如果她学不会这种语言，被人家开除了，那该怎么办呢？

“我还记得我的第一份工作，”贝蒂说，“我在纽约一家夜总会当衣帽间的女服务员。那时我十七岁，只得撒谎说已经十八了。我当时每个星期赚五十二美元，觉得那是一大笔钱。”想到这里，贝蒂露出了微笑。

莉兹下车的时候，贝蒂用那架老式的宝丽来照相机给她抓拍了一张。“笑笑，小宝贝！”贝蒂命令道。莉兹强拉脸上的肌肉，希望这样就像是在微笑。“莉兹，希望你有美好的一天！我五点钟来接你！”贝蒂朝她挥手。

莉兹紧张地点了点头，看着贝蒂那辆红色的车子渐渐远去。她很想跟着车子追过去，但又极力控制住自己。家畜科在登记处大楼对面的一幢金字塔形楼房里，大家管这幢房子叫“谷仓”。莉兹知道她得走进去，可又发现自己不能动弹，身上骤然出了汗，肚子也觉得紧张不安。不知怎么地，她想起了自己上学第一天的情景。于是，她深呼一口气，走进了大门。毕竟，一迟到，什么事情都会砸锅。

莉兹推开门，看见一个焦头烂额的女人，她有一双绿色的眼睛，留着一头卷曲的红发。这个女人的牛仔工装服上粘满了狗毛、猫毛和一些绿色的羽毛。她向莉兹伸出手来。“我叫乔西·吴，是家畜科的负责人。你是阿道司的朋友伊丽莎白吗？”

“我叫莉兹。”

“莉兹，但愿你不嫌弃狗毛。”

“不嫌弃，那只不过是狗喜欢留下的小礼物。”

乔西笑了。“莉兹呀，咱们今天有好多活要干。你先把这个换上。”说着，她扔给莉兹一件牛仔工装服。

莉兹在浴室换上了工作服。她看见一条不知什么血统（也就是杂交犬）的狗在抽水马桶里喝水。这条狗中等身材，四肢很长，毛发呈金黄色。

“嗨，女孩，”莉兹对狗说，“你可不能在那儿喝水。”

那狗抬起头来看着她，过了一会儿好奇地歪着脑袋问道：“这儿的水不是喝的吗？要不然他们干吗把这低低的脸盆一样的东西灌上水呀？你按这个小手柄还可以喝到新鲜水，对吗？”那狗做了个示范动作，用左爪子把马桶冲了一遍。

“不，”莉兹轻声说道，“这是个抽水马桶。”

“抽水马桶？”那狗问道，“那是什么东西？”

“嗯，那就是人们去的地方。”

“去？上哪儿去？”

“不上哪儿。”莉兹高雅地说。

那狗看着抽水马桶的桶身。“我的老天，”她说，“你意思是说我喝水的地方是人类撒尿和拉……”她那样子好像是要呕吐似的，“为什么没人告诉我一声？我在抽水马桶里喝了好几年的水了。可我一直不知道。他们老是把门关着。

“这儿，”莉兹说，“我从水池里给你弄点水来。”莉兹找到一个小碗，装上水，“喝吧，女孩！”

她激动地吮吸着水，喝完了又舔了舔莉兹的腿。“谢谢。我现在想起来了，我记得我的两腿主人以前和我讲过厕所的事。我的主人叫比尔，他总是很小心地盖上马桶的盖子。”她继续舔莉兹的腿，“我要是知道的话，早就不在抽水马桶里喝水了。”她说，“哦，对了，我叫萨迪。你叫什么名字？”

“莉兹。”

“很高兴见到你，莉兹。”萨迪向莉兹伸出爪子，“我是上个星期死的。这里好奇怪哟。”

“你怎么死的？”莉兹问。

“我追一个球的时候被汽车撞死了。”萨迪说。

“我也是被汽车撞死的，”莉兹说，“只是我骑在自行车上。”

“你有狗吗？”萨迪想知道。

“哦，有，露西是我在世界上最好的朋友。”

“你还想要一条狗吗？”萨迪歪着脑袋。

“你是说你自己，对吗，女孩？”莉兹问。

萨迪羞涩地低下头。

“我不知道外婆让不让我养狗，不过我今儿晚上问问，好吗？”

这时，乔西走进了浴室。“太好了，莉兹，我很高兴看到你跟萨迪见面，”乔西一边说着，一边挠着狗两只耳朵之间的那个地方，“萨迪是你指导的第一个学生。”

萨迪那长着柔软黄毛的脑袋上下点了点。

“哦，对了，阿道司没说你会讲犬语。”乔西说。

“说到犬语，”莉兹结结巴巴地说，“我不会讲。”

“你这是什么意思嘛？”乔西问，“我刚才听到你跟萨迪讲了一大通。”

这时候莉兹突然明白了，她刚才是在跟萨迪对话。

莉兹咧嘴大笑。“我以前从来没讲过，或者说我从来不知道自己讲过。”

“嗯，看样子你是个天才。了不起！我一辈子只见到过几个天生会讲犬语的人。你肯定没在什么地方学过吗？”

莉兹摇了摇头。“我好像总是能听懂狗的话，它们似乎也能听懂我的话。”她想起了露西，想起了在公园里见到的那条狗，“不过，我从来就不知道那是一门语言，是一种技艺。”

“嗯，看样子你注定要在这儿工作了，莉兹。”乔西说着，拍了拍莉兹的背，“来吧，到我办公室去。萨迪，我们走了，啊。”

萨迪看着莉兹。“你会记得去问外婆的，对吗？”

“我保证。”莉兹挠了挠狗两只耳朵之间的地方，离开了浴室。

“好了，作为家畜科的辅导员，你的工作就是向新来的狗介绍另界的生活情况，然后把它们安置到新的住处。对于有些狗来说，跟你交谈将是它们第一次和人讲话。那是让人毛发直竖的事情，我所说的‘毛发直竖’包括了两层意思。”乔西用这种双关语开玩笑已经不是第一次了。

“这个工作很难吗？”莉兹问。

“并不是特别难。狗比人要温顺得多，而且我们有时候不理解它们，但它们理解我们，”乔西回答道，“莉兹，既然你已经会讲犬语了，那么你已经开始了一半。继续下去，其他的事情都能学会的。”

“那其他的动物呢？”莉兹问。

“作为家畜科的辅导员，你主要负责狗的事务，但是我们小组负责所有的家庭宠物：有猫，有一些猪，偶尔还有蛇、豚鼠等。鱼是最难伺候的；死得很快，大多数时间都在游来游去。”

这时，萨迪仍然在乔西的办公室门口探头探脑。“你没忘记，对吗？”

“没有，可我这会儿有点忙，萨迪。”莉兹回答道。萨迪低下头，溜走了。

乔西笑了，然后低声说道：“你不可能把所有的狗都带回家去。”

“我听到了！”萨迪在隔壁房间里说。

“你会发现它们的听觉很灵敏，”乔西说，“我们去给你找个办公室吧，莉兹。”

在萨迪之后，莉兹辅导的第二个学生是一条名叫帕科的吉娃娃小狗，他显得有些局促不安。

“可是皮特在哪儿？”帕科问，他那敏锐的小眼睛环视着莉兹这间没有窗户的新办公室。

“对不起，可你暂时还见不到皮特。他还在人间那边。”莉兹告诉帕科说。

“你觉得皮特会生我的气吗？”帕科问，“有时候他把我孤零零地留在家里，时间长了我就在他的鞋子上撒尿，不过我估计他没有注意到。也许他注意到了？你觉得他注意到了吗？我是条很坏、很坏的狗。”

“我肯定皮特没有生你的气。你见不到他，因为你死了。”

“哦。”帕科轻声说。

他终于明白了，莉兹心中暗想。“你现在明白了吗？”莉兹问。

“明白了，”帕科说，“可是皮特在哪儿？”

莉兹叹了口气。过了一会儿，她重新开始向帕科作解释。“你知道，帕科，有很长一段时间我都不知道自己在哪儿……”

那天下班后，萨迪跟着莉兹来到了贝蒂的汽车前。

“这是谁？”贝蒂问。

“这是萨迪。”莉兹说，接着她压低了嗓门，“可以吗？”

萨迪满怀期待地望着贝蒂。

贝蒂笑了。“看样子萨迪已经打定了主意。”萨迪舔了舔贝蒂的脸。“哦耶！欢迎你到我们家，萨迪。我叫贝蒂。”

“你好，贝蒂！”萨迪跳到了汽车后座上，“我告诉过你吗？我的名字来自甲壳虫乐队的歌曲。我的全名叫性感萨迪，如果你不愿意，可以把前面的‘性感’省略掉。我的意思是那有点太放肆了，你说呢？”

“她在说些什么呀？”贝蒂问莉兹。

“萨迪说她的名字来自甲壳虫乐队的一首歌。”莉兹为她做了翻译。

“哦，当然，我知道这首歌。”贝蒂唱道，“‘性感萨迪，你干了些什么？’有点像这个，对吗？”

“就是这首歌！”萨迪说，“一点也不差！”她把一只爪子放在贝蒂的肩上，“贝蒂，你是个天才！”萨迪汪汪地哼了这首歌中的几个小节。

莉兹又笑了，这次她的笑是那样美丽、那样欣喜。

“你笑得真甜，莉兹，”贝蒂说，“我不知道以前是不是听你这样笑过。”

海井

虽然家畜科的工资有限，但莉兹还是很快就还清了欠贝蒂的钱。没多久她还有了不少积蓄，而且还没有什么需要买的东西。她跟贝蒂住在一起，只付很少的一点住宿费和伙食费；不需要医疗保险、汽车保险（很不幸）、租用保险和其他的保险；不必为房子的首付而存钱，不必为退休、为上大学、为孩子上大学、为铺张的婚礼、为不时之需或者为其他别的什么而攒钱。她不再去了望平台了。她想买一辆车，可她还不会开，所以买了有什么用呢？如果你不必为年老、多病、死亡或者孩子操心，那么你需要花钱的地方相对而言就很少。想到这儿，莉兹叹了口气。

“阿道司，”莉兹在每月的进展情况会上问，“我的这些钱干什么用呢？”

“买点好东西呗。”阿道司建议说。

“什么东西？”

阿道司耸耸肩。“一幢房子？”

“我不需要房子。我跟贝蒂一起住，”莉兹回答道，“如果我不需要钱，那么工作还有什么意义呢？”

“你工作，”阿道司停顿了一下，“因为你喜欢。这就是为什么工作叫作业余爱好。”

“哦，我明白了。”

“你喜欢自己的工作，对吗，伊丽莎白？”

“对，”莉兹想了一会儿后回答道，“我很喜欢。”

目前为止，莉兹的业余爱好才开始了一个多月。在这段时间里，她成了家畜科最好的辅导员之一，处于一种稀有的、令人羡慕的境地：她的工作干得很出色，而自己又非常喜欢这份工作。到另界后的第一个夏天，因为有了工作，她的时间过得很快。繁忙的工作让她不再去考虑自己已经死了。

她的大多数时间都花在工作上，剩下的一点时间则跟贝蒂、萨迪和桑迪一起。（在家畜科上班后不久，她就向桑迪道了歉，桑迪也很快就原谅了她。）莉兹极力不去想爸爸、妈妈和过去在人间的生活。大多数时候她的这种努力是成功的。

莉兹还说服桑迪收养了那条昏头昏脑的吉娃娃小狗帕科。桑迪开始时还有点怀疑。“你肯定这是条狗吗？看上去像只老鼠。”

帕科也有他的怀疑。“我不是不懂礼貌，”他说，“可你为什么不是皮特呢？”

“我叫桑迪。你可以把我当作新的皮特。”

“哦，”帕科沉思了一会儿说，“我想我终于明白了。你是说皮特死了。对吗？”帕科是在一个小池塘里淹死的，显然他又忘了。

“当然，如果你觉得合适的话，也可以这么想。”桑迪小心翼翼地拍着他的脑袋。

两个女孩下班后常常在晚上带着帕科和萨迪在莉兹家附近的公园里遛弯。有一天晚上，莉兹问桑迪：“你开心吗？”

“没有必要感到伤心，莉兹。”桑迪耸耸肩膀，“这里的天气很好，而且我很喜欢在电视上露面。”

“你还记得我曾经以为这一切只是一场梦吗？”莉兹问，“我不相信自己曾经有过这种想法，因为现在看来，人间的一切，过去的一切……有时候好像是一场梦。”

桑迪点点头。

“有时候，”莉兹说，“我真不知道工作、遛狗是不是咱们的一切。”

“这样有什么不好吗？”桑迪问。

“只是，你曾经有过冒险的渴望吗，桑迪？一点点浪漫的东西？”

“死亡对你来说还不算是冒险吗，莉兹？”桑迪摇着头，“我个人认为我有这么多冒险经历已经足够了。”

“对，”莉兹最后回答道，“我想你是对的。”

“我看你已经在冒险了，而你自己还没有意识到。”桑迪说。

然而有件事情一直萦绕在莉兹的脑海里。她爸爸的四十五岁生日就在下下个星期。几个月前莉兹和佐伊一道去了“罗德和泰勒”男士用品商店。佐伊反复比较着几条拳击短裤，要在情人节那天送给她的男朋友约翰（买那种印有夜光丘比特的短裤？还是买那种有几对北极熊永远拥抱着亲吻的短裤？）。莉兹无意中看到了一件海绿色的开士米羊毛衫，跟她爸爸的眼睛一个颜色。那件羊毛衫售价一百五十美元，但非常好。她给人家当了几个月的临时保姆，攒下了这笔钱。她的理智表示反对。理智说，你爸爸的生日还远着呢，而且太奢侈了。理智还嘲弄似的说，也许你可以让妈妈来买。莉兹对这个声音不予理睬。她知道，如果不马上买下这件羊毛衫，等她回去的时候，可能就没有了。（她无论如何也没想到自己可能再也不会来这家店了。）此外，她不愿让妈妈去买；妈妈自己也很想买。她深吸了口气，重重地把钱放在柜台上，买下了那件羊毛衫。从商店一回到家，她就把羊毛衫包了起来，写了一张贺卡，然后放到壁橱一块松动的地板下面，那里有一个狭小的空隙。她肯定，在那里谁也找不到。

想到爸爸永远也收不到那件羊毛衫了，莉兹感到万分痛苦和烦恼。爸爸永远也不知道莉兹会花自己挣的一百五十美元来给他买东西。爸爸可能会搬家，永远找不到她的礼物。爸爸永远不知道莉兹会这么爱他，给他买过一件那么漂亮的海绿色羊毛衫。那件衣服将永远藏在那儿，最后引来虫子，腐烂成无法辨认的海绿色开士米碎片。莉兹想，这么漂亮的羊毛衫不应该有这样的悲剧下场。

她知道跟活人接触是违法的，但她不相信把一件微不足道的羊毛衫送给爸爸真的会引起特别大的麻烦。要说有什么区别的话，她可以肯定这件衣服会让爸爸更伤心的。

于是，莉兹决定再次潜入海井。设备已经有了，她还有好理由。此外，有了这么一点冒险经历，她的生活会更美好。

日落时分，莉兹来到了海滩上。去海井潜水是莉兹最雄心勃勃的一次水下活动。她并不知道那儿有多深，到了最低点能看到什么。她把这些顾虑统统抛到脑后，最后一次检查好无穷氧气瓶的仪表后，便开始游泳。

她潜得越深，水变得越黑。她感觉到周围有其他人。也许这些人也要到海井里去。偶尔还能看到模糊的影子，听到奇怪的沙沙声，这样一来她的下沉就显得阴森可怕，像有鬼似的。

莉兹最后来到了海井。她从来没有去过这么悲伤、这么寂静的地方。海井就像是水槽下面的下水道。开口处有强烈的光亮。莉兹从井口边沿处看着光亮。她看见卡罗尔路上的家。房子好像褪色了，像是被留在太阳光里的一幅水彩画。她的家人正坐下来吃晚饭。

莉兹对着井口说话。由于是在水下，她的声音浑浊不清。她知道如果想让对方听懂，自己就得小心地选择词语。“我是莉兹。看看壁橱的地板。我是莉兹。看看壁橱的地板。”

在莉兹原先的家里，所有的水龙头同时打开了：淋浴、水池、洗碗机，甚至连抽水马桶都汩汩地流着水。莉兹的家人你看我，我看你，不知是怎么回事。露西急切地吠叫着。“真是怪事。”莉兹的妈妈说着，站起身来去关掉厨房水槽上的龙头。

“一定是管道出了毛病。”莉兹的爸爸说着去关淋浴和水池的水龙头。

餐桌上只有阿尔维一个人。他听到水龙头里传来了微弱的尖叫声，但不知道说的是什么。莉兹从井口看着他把头发捋到耳朵后面。他的头发很长，莉兹想，为什么没人给他理个发？

莉兹的爸爸妈妈关上了所有的水龙头后回到了餐桌旁。刚过了五秒钟，水又开始流了出来。

“真他妈的。”莉兹的爸爸说着站了起来。他又想去关水龙头。

莉兹的妈妈正要站起来，忽然阿尔维一把推开椅子。“别动！”他大声叫嚷。

“怎么啦？”莉兹的妈妈问。

“别出声，”阿尔维只有八岁，可那口气显得很有权威，“不要碰水槽。”

“为什么？”莉兹的爸爸妈妈异口同声地问。

“是小莉齐，”阿尔维平静地说，“我想我听见了小莉齐在说话。”

这时，莉兹的妈妈哭了起来。莉兹的爸爸看着阿尔维。“你是不是又在搞什么名堂？”他问。

阿尔维把耳朵贴着水龙头。他可以辨认出莉兹的声音。

“阿尔维，我是莉兹。在我壁橱的地板下面有一样给爸爸的东西。”

阿尔维点点头。“我告诉他，小莉齐。你好吗？”

莉兹已经没有机会回答他了，因为正在这时一张网落在了她的身上。有人正把她往上拉。

莉兹的手脚乱打乱踢，企图挣脱，但是没有用。她越是挣扎，拉网缠得越紧。莉兹马上意识到要想逃脱是不可能的了。她叹了一口气，很大度地接受了这暂时的失败。至少这样上升回岸比她自己游上去要快一些。

拉网飞快地拉着莉兹上升，简直就像一个自下往上奔泻的瀑布。开始的时候莉兹还担心会有减压症，但她很快意识到这个拉网自身有增压系统。莉兹想，真奇怪，另界居然有如此先进的制网技术。她很纳闷是什么使得一个文明社会去发展尖端的拉网呢？也许是……莉兹强迫自己的脑子不去考虑任何与拉网有关的事情，而是集中注意力考虑目前的处境。

虽然被捕了，但莉兹仍然很兴奋。她想当然地认定自己的这次使命是成功的。当然，谁也没有料到在海井里进行对话的方式竟然如此古怪：所有的水龙头哗哗作响，还有莉兹的声音，像一只烧滚了的茶壶。难道鬼就是这样的吗？

莉兹用手指抓住拉网。她不知道自己要被拉到哪里去。显然，她的这次行动带来了一些麻烦。但就整体而言，她为自己走了这一趟感到高兴。

莉兹来到了水面，拥抱夜晚清凉的空气。虽然身上穿着昂贵的潜水衣，她还是冷得瑟瑟发抖。她摘下潜水面具，看见水面中央有一艘拖船，还隐隐约约地看见甲板上站着一个黑头发的男人。当她被拉近时，她看到这个男人居然在晚上还戴着墨镜。她估摸着这个人年纪比她大，但比柯蒂斯·杰斯特小。（当然在另界要估摸一个人的年龄是特别棘手的事情。）这人看上去有点面熟，但莉兹想不起他是谁。

拉网打开了，“哗啦”一下把莉兹卸在了甲板上。她刚在甲板上站稳脚跟，那人就严厉地对她说，“伊丽莎白·玛丽·霍尔，我是另界超灵犯罪及接触局的侦探欧文·韦尔斯。你知道你企图与活人接触违反了另界法律吗？”

“知道。”莉兹口气坚强地说。

欧文·韦尔斯对莉兹的回答大吃一惊。这个女人——其实是个女孩——竟然公开承认自己违法，而大多数人一般都要极力掩盖。

“请你摘下墨镜，好吗？”莉兹问。

“为什么？”

“我想看看你的眼睛。我想知道究竟惹下了多大的麻烦。”莉兹微笑着。

欧文·韦尔斯侦探似乎对自己的墨镜非常爱惜。不管走到哪里都戴着，因为他相信戴着墨镜显得更有权威性。而她为什么要笑？

“实际上你现在不需要戴墨镜，”莉兹说，“毕竟现在是晚上。”

莉兹这下子惹恼了欧文。他讨厌别人说他晚上戴墨镜。现在，他当然更不会把墨镜摘下来。

“欧文·韦尔斯，”莉兹大声地喊着这个名字，“欧·韦尔斯，就像是‘哦喂’！”莉兹大笑起来，尽管她知道这个玩笑并不是特别好笑。

“对，我从来没有听别人这么说过。”欧文并没有笑。

“哦喂，”莉兹说着又笑了起来，“你的姓是韦尔斯，而你碰巧在海井里工作，难道这不是很怪吗[1]？”

“这有什么怪的？”欧文质问道。

“我想，与其说是怪，还不如说是凑巧。”莉兹说，“呣，我能不能接受惩罚，或者罚款单，或者别的什么，然后离开这里？”

“我得先给你看一样东西。跟我来。”他说。

欧文领着莉兹走过主甲板，来到架在船尾的一个望远镜前。“你朝里面看。”他命令莉兹道。

莉兹顺从地朝望远镜里看去。这个望远镜跟了望平台上的双筒望远镜差不多。通过目镜，莉兹看到了她家里的情景。她弟弟

1 英语中的“井”一词为well，而欧文的姓韦尔斯为Welles，非常接近，所以莉兹在拿欧文的名字开玩笑。

跪在爸爸、妈妈的壁橱里，双手在松动的地板上拼命地摸索着，嘴上不停地咕囔着：“她说是在你的壁橱里。”

“哦，不！”莉兹大叫起来，“他搞错了壁橱。阿尔维，是在我的壁橱里！”

“他听不见你的声音。”欧文说。

她从望远镜里看见爸爸正在冲着阿尔维大喊。“滚出去！”他爸爸厉声叫着，一把抓住阿尔维的衣领，用力一拉，衣领扯破了。“你干吗要编造小莉齐的故事？她死了，我不准你胡说八道！”

阿尔维哭了起来。

“他不是编造！他只是听错了。”莉兹能感觉到自己的心狂跳不已。

“我不是编造，”阿尔维辩解道，“是莉兹告诉我的。她告诉我去——”莉兹的爸爸举起手来要在阿尔维的脸上扇一个耳光，所以阿尔维的话说了一半就停住了。

“别打！”莉兹大声喊叫着。

“他们听不见你的，霍尔小姐。”欧文说。

到了最后关头，莉兹爸爸举到空中的手停住了。他深深地吸了一口气，慢慢地放下手。莉兹看着爸爸一屁股坐在地板上呜呜地抽泣起来。“哦，小莉齐，”他啜泣道，“小莉齐！我可怜的小莉齐！小莉齐！”

望远镜里的图像模糊了，然后变成一片漆黑。莉兹倒退了一步。

“我爸爸从来不打人，”她的声音比嘀咕大不到哪儿去，“可他刚才差一点要打阿尔维一个耳光。”

“现在你看到了吧？”欧文轻声地说。

“现在我看到了什么？”

“跟活人交谈是没有什么好处的，莉兹。你以为你在帮忙，可实际上把事情弄得更糟。”

突然，莉兹转身面对着欧文。“这都怪你！”她说。

“怪我？”

“我还没有把话说清楚你就把我拉开了，不然的话，阿尔维就听明白了！”莉兹朝欧文迈了一步，“实际上，我现在要你把我放回到那儿去！”

“好像我真的会照办似的。咳！真是不知天高地厚。”

“你不帮我的忙，那我自己去！”莉兹走到拖船的边上。欧文追上前来，不准她从甲板上跳下去。

“让我去！”她说。可是欧文比莉兹强壮得多，而且她已经折腾了一整天。莉兹突然感到自己特别累。

“对不起，”欧文说，“真是对不起，可没办法，只能这样。”

“为什么？”莉兹问，“为什么只能这样？”

“因为活人得继续活人的生活，死人也得继续死人的生活。”

莉兹一个劲地摇头。

欧文摘下墨镜，又长又黑的睫毛下是一双充满同情的黑眼睛。“如果你能听得进我的话，”欧文说，“那我告诉你，我知道你的感觉。我死的时候也很年轻。”

莉兹注视着欧文的脸。摘掉墨镜后，他显得只比莉兹大一点点，大概十七八岁的样子。“你到这里的时候多大年纪？”

欧文停了一下。“二十六。”

二十六，莉兹想着，心里十分不满。二十六跟十五有天大的差别。二十六岁的人做的事情，十五岁的人只能是梦想。当莉兹终于重新开口时，她那悲苦的声音显得特别苍老，比她的实际年龄要大得多。“韦尔斯先生，我十五岁，永远也长不到十六岁了，而且马上还要变回到十四岁。我不能去参加班级舞会，不能上大学，不能去欧洲或者别的什么地方。我拿不到马萨诸塞州的驾驶执照，也得不到高中毕业证书。除了外婆之外，我不能跟任何别的人一块儿住。我想你并不知道我的感受吧。”

“你说得对。”欧文柔声地说，“我只是想说，我们大家要继续自己的生活都不容易。”

“我是在继续我的生活，”莉兹说，“可我有件事情要办。除了我之外，这件事情办与不办，对所有人来说没有任何区别。可是我就得去办。”

“是什么事？”

“我干吗要告诉你？”

“因为我要写一份报告。”欧文说。当然，他这话只有一半是真的。

莉兹叹了口气。“如果你非要知道的话，我就告诉你。那是一件羊毛衫，一件海绿色的羊毛衫，藏在我壁橱的地板下面，是我给爸爸买的生日礼物。那颜色跟我爸爸的眼睛一样。”

“一件羊毛衫？”欧文有点不相信。

“一件羊毛衫又怎么啦？”莉兹质问道。

“不要见怪，可是大多数人不辞辛苦地到海井那儿去都是为了办更重要的事情。”欧文一边说着，一边摇着头。

“可这对我来说很重要。”莉兹固执己见。

“我是说，像生与死这样的大事，比如说，埋葬尸体的位置、杀人犯的姓名、遗嘱、钱，等等。听懂我的意思了吗？”

“对不起，可是我还没有碰到过很重要的事情，”莉兹说，“我只是一个女孩，横穿马路的时候忘记了朝两边看。”

一声雾角响起，表明拖船到了小艇停靠区。

“我惹的祸大吗？”莉兹极力使自己的声音显得轻柔。

“因为你这是第一次，所以主要只是一个警告。当然，我得告诉你的适应辅导员。你的辅导员是阿道司·根特，对吗？”

莉兹点了点头。

“根特是个好人。在今后的六个星期里，你不准去任何了望平台，同时，我要没收你的潜水设备。”

“好啊，”莉兹高傲地说，“那么，我可以走了？”

“如果你再去海井那儿，后果是会很严重的。霍尔小姐，我不愿看到你惹上什么麻烦。”

莉兹点了点头。

在去公共汽车站的路上，她想着阿尔维，想着爸爸以及给家里人惹下的麻烦，心里很沮丧，也有点沉闷，意识到欧文说得也许有道理。莉兹对自己说，他一定以为我很蠢的。

当然，欧文·韦尔斯根本就没有这种想法。

在超灵犯罪及接触局里工作的人大多数都是那些不能接受自己已经死亡的人。虽然这些人对触犯法律的人有极大的同情心，但他们深深懂得必须严厉对待初次进行接触的人。跟活人进行接触是很危险的。

所以，当欧文·韦尔斯心里老放不下那件海绿色羊毛衫时，这事就有点不寻常了。他也不知道为什么。他估计可能是莉兹的请求太特别了。大多数去海井的人必须被制止，那是出于对他们自身利益的考虑，不然的话，他们会迷恋上人间那边的人。可是莉兹的情况不是这样。

让她爸爸得到那件羊毛衫能伤害到谁呢？欧文这样问自己。对于那些过早失去孩子、失去可爱的女儿的父母亲来说，也许这会让他们心里好受一点。

一根缝线

每当心情紧张的时候，莉兹都会下意识地摸一摸耳朵上方的缝线，而夜潜海井当然让她变得很紧张。那天晚上，莉兹躺在床上时发现缝线没有了。好几个月以来，她第一次啜泣。

她估计一定是在潜水的时候掉的——可能是由于压力和水的双重作用。莉兹感到很绝望，从人间带来的最后一点东西就这样永远地失去了。她甚至想再潜一次水，把缝线找回来，但她很快又放弃了这种想法。第一，她已经被禁止潜水了；第二，即使她可以去潜水，那根缝线（实际上是一根涤纶丝线）不到三英寸长，只有十六分之一英寸厚。要想找回这样的东西简直是疯了。

莉兹用小指在过去留有缝线的伤疤上来回擦拭着，但她几乎什么也没有摸到。她知道伤疤很快就会消失。等伤疤没了之后，那感觉就会像她从来没有到过人间一样。

莉兹笑了。为一根线居然流了这么多眼泪，为一件羊毛衫居然那样兴师动众！她的生命渺小到了一个线团。现在既然想到了缝线，她忽然意识到连她自己都不知道缝线是什么时候丢失的。自从她开始业余爱好之后，她就不必经常去触摸缝线了。实际上，她已经不记得在这天晚上之前她最后一次触摸缝线是什么时候。没准缝线早就丢失了呢（如果缝线是可以溶解的呢？），只是她没有注意到而已？想到这儿，莉兹又笑了。

听到莉兹的笑声，贝蒂探进头来。“有什么很逗的事情吗？我倒想听听。”

“我被逮捕了。”莉兹笑着说。

贝蒂刚开口笑又止住了。她打开了莉兹房间里的灯。“你不是说真的吧。”

“我是认真的。违法到海井去潜水。我想跟爸爸接触。”莉兹耸耸肩。

“莉兹！”

“别着急，贝蒂，我已经接受了教训。不值得去潜一趟水，”莉兹说，“我把整个过程都告诉你得了。”

贝蒂坐在莉兹的床上。等莉兹讲完了，贝蒂说：“你可知道，有人在那儿淹死过。谁也找不到尸体，就那么躺在大洋深处，半死不活的。”

“你就不要担心我会淹死了，因为我再也不去了。”莉兹口气坚定地说，“最糟糕的是阿尔维对我最后的记忆居然是我对他撒了谎，给他惹了麻烦。如果他找不到那件羊毛衫，那我当时还不如对他说，‘喂，阿尔维，你是个好弟弟，我爱你。’”

“这个他知道，莉兹。”贝蒂回答道。

莉兹伸手去摸缝线，当然已经没有了。“贝蒂，”莉兹问，“你是怎样不想念人间的？”

“你不想就得了呗。”贝蒂回答道。

“那么就没有希望了？”莉兹叹息道。

“我没有这么说，对吗？”贝蒂责备莉兹说，“你要做的事情是：把你想念的人间的东西列一份清单。一定要使劲地去想。不只是几个名字，因为名字代表着你所想念的人，而我们这儿有很多人。”

“好吧，我列一份清单。然后呢？”

“然后你把清单扔掉，承认自己再也得不到这些东西了，要不你就设法把这些东西都找回来。”

“我怎样才能把这些东西找回来呢？”莉兹问。

“我也不知道。”贝蒂说。

“嗯，清单要多长？”

“哦，我限制在三到四样东西，顶多五样。”

“你只是在信口瞎编，对吗？”

“记住，是你在向我请教！”贝蒂说，“现在，咱俩都应该睡觉了。”

贝蒂走到门口，站住脚，关掉了莉兹卧室里的灯。

“嗨，贝蒂，”莉兹喊道，“谢谢你。”

"谢我什么，小宝贝？"

"谢你……"莉兹的声音越来越小，最后听不见了，"你当外婆真不赖。"莉兹嘀咕道。

第二天，莉兹列出了一份清单。

我最想念的人间的东西

起草人：伊丽莎白·玛丽·霍尔

1）星期天早上跟妈妈、爸爸和阿尔维一起吃的硬面包圈和熏鲑鱼；

2）好事即将来临的那种感觉；

3）各种气味：妈妈身上甜饼干的气味，爸爸身上混合着烟味、辛辣味和肥皂的气味，阿尔维身上面包一样的酵母味；

4）我的怀表。

莉兹把清单从头到尾读了一遍。看到所有的东西都写上了，她不知道该怎么处理。我是把它扔掉呢，还是尽力去把这一切都找回来？你能够同时把这两者都做到吗？

或者，莉兹心想，贝蒂在跟自己闹着玩？

莉兹有了答案。她把清单扔掉了。

有一阵子，莉兹念念不忘自己的那块怀表。奇怪的是，自从来到另界之后，她很少想起这件东西。这块表是爸爸用过之后给她的，在那之前的好几年她一直想得到这块表。怀表的正面刻着一对坐在威尼斯凤尾船上的情人，里面是爸爸姓名的首字母ASH。怀表发出非常悦耳的滴答声，银表壳由于经常擦拭，跟月亮的颜色一样。她十三岁生日那一天，爸爸说她这么大了，可以戴这块表了，于是就给了她。他让莉兹保证要经常擦拭和护理。她死之前一个月，那块表停了，而她没有拿去修，对此她仍然感到内疚。她不愿意去想象爸爸发现表坏了的样子，他会以为莉兹一点都不爱惜的。

欧文·韦尔斯的潜水

欧文·韦尔斯出生在纽约市，母亲是个大学教授，父亲是个画家。父母亲对这个唯一的孩子始终感到欣慰。这孩子笑眯眯的，很会说话，长得很漂亮。欧文的童年很顺利，没有任何伤痛。十三岁那年，他碰到了红头发的埃米莉·赖利，她也十三岁。埃米莉住在他隔壁。欧文住第7C公寓，埃米莉住第7D公寓。他们俩的卧室只隔一堵墙。夜深人静的时候，双方的父母都以为他们俩睡着了，而他们则开始在墙上敲打摩尔斯电码进行对话。没过多久，欧文就像许多隔壁的男孩爱上隔壁的女孩那样爱上了埃米莉。从那以后一直到高中毕业，他们一起度过了一个又一个班级舞会和其他一些值得纪念的时光。

毕业之后，埃米莉到马萨诸塞去上大学，欧文则留在纽约上大学。这四年中，他们打了许多个价格高得吓人的长途电话。大学毕业后，他们在二十二岁那年结了婚。婚礼的传统气氛令许多人感到惊讶，埃米莉还改用了欧文的姓。原来的埃米莉·赖利结婚后成了埃米莉·韦尔斯。

为了省钱，欧文和埃米莉搬到了纽约的布鲁克林区。埃米莉继续在医学院深造，欧文则当上了消防员。他也不知道自己是不是想当一辈子的消防员，但他喜欢这个工作，也干得很漂亮。

欧文二十六岁那年为了扑灭一场最平常的火灾牺牲了。一个八十一岁的老太太没有关掉煤气灶，她的四只小猫关在了公寓里。欧文没费劲就找到了三只，但是第四只名叫科什卡的白公猫没找到。这只猫不知道发生了火灾，在壁橱里睡着了。欧文直到第二天早上才找到这只猫，看到它正蹲在尼罗河号欧文的铺位下面舔着爪子。他们都是窒息而死的。“我渴了。”那猫喵喵地叫着。不巧，欧文不会讲猫语。

欧文不能接受自己已经死亡这个事实。恋爱中的人比常人更难接受死亡。

为了埃米莉，他尽了自己最大的努力想返回人间。他尝试过坐船回去，但还没有离开港口就被人发现了。

他不是第一个对了望平台上瘾的人。欧文从别人那儿借来大把大把的硬币去看埃米莉，最后看得他的眼睛都呆滞了。

他创下了117次海井潜水记录。有时候他跟埃米莉联系上了，但大多数时候她痛苦万分。她非常想念欧文，而欧文那近乎有规律的拜访使事情变得更糟。埃米莉从医学院退了学，整天待在家里，等待着欧文回来。后来，欧文知道自己对她造成了伤害，他知道得停止了。他不能毁了埃米莉的生活。由于欧文有着丰富的非法接触经验，他具有在超灵犯罪及接触局工作的优势。

现在十七岁的欧文在这个局已经工作了十年。他的朋友不是太多，只有几个偶尔见面的亲戚。每个星期一次（不多也不少），他允许自己到双筒望远镜跟前去看埃米莉。每个星期四的晚上，他都会看到埃米莉越来越老，而自己却越来越年轻。三十五岁的埃米莉如今已是烫伤专家。（欧文死后的那年秋天她又回到了医学院。）她没有再婚，仍然戴着原来的结婚戒指。欧文也戴着一枚结婚戒指。他在另界买了一枚新戒指，代替留在人间的那一枚。

有一段时间欧文意识到他也许都永远见不到埃米莉了。他算过了。很可能，等埃米莉到达另界的时候，欧文就回到人间了。他学着去接受这个事实，但是十年之后，他唯一惦念的人还是埃米莉·赖利。

每当有人问他有没有结过婚时，欧文总是回答说结过了。这种说法好像是撒谎，但也是事实。渐渐地，欧文自然而然地觉得自己是个骗子。他自己永远都做不到的事情，怎么能劝别人去做呢？每当碰到像莉兹这样的人，他就感到特别惭愧。在他看来，莉兹做那件事是合法的，而他则是在横加阻拦。欧文觉得自己应该对她做出补偿。

于是，欧文到海井去潜水，这是多年来他第一次为私事去潜水。

他看着井沿，很快就找到了马萨诸塞州梅德福德市莉兹的家。欧文发现阿尔维正坐在厨房的餐桌旁，喝着一杯橘子汁。

由于欧文曾经多次潜水，有着与活人接触的丰富经验，因此，当他在井口讲话的时候，莉兹原来的家里只有一个水龙头打开了。

“喂。”欧文说。

阿尔维叹着气。“你找错房子了。我认识的死人只有我姐姐小莉齐一个。”

“我也认识莉兹。”

“是吗？”阿尔维说，“如果你碰到她，告诉她我很生气。我在壁橱里什么也没找到，还惹下了大麻烦。”

“你找错了壁橱，”欧文说，“是在莉兹那个壁橱的地板下面，在左边。”

阿尔维摘下了眼镜。“喂，你到底是谁呀？”

“我想你可以说我是莉兹的朋友。哦，对了，她很抱歉让你遇上了麻烦。”

“嗯，告诉她我很想念她，”阿尔维说，“她大多数时候是个好姐姐。哦，也告诉她，祝她感恩节快乐。”

莉兹的爸爸走进厨房，关上了水龙头。“你干吗又让水白白地流？”莉兹的爸爸问阿尔维。

“是它自己打开的，”阿尔维回答道，“爸爸？别发火，我到莉兹的壁橱里去拿一样东西给你看。”

欧文继续待在那儿看着阿尔维领着莉兹的爸爸上楼去，看着阿尔维打开左边那块松动的地板，拉出一件用箔纸包着的盒子，盒子的正面有一张卡，上面写着“给爸爸”。

一个小时后欧文浮出水面，他局里的同事正在等着他呢。

“我只是想告诉你，他拿到那件羊毛衫了。”感恩节的前一天晚上，欧文拘谨地站在莉兹的办公桌前。虽然感恩节在另界不是法定节日，但许多美国人还是要庆祝一番的。

“你为我去了海井？”

“你弟弟……阿尔维，对吗？”

莉兹点点头。

“阿尔维说‘感恩节快乐’。”欧文说完转身就走。

“等等。”莉兹抓住欧文的手臂，“等一会儿，你不能就这样走！”莉兹拉着欧文，拥抱着他，“谢谢你。”

“不用谢。”欧文嗡声嗡气地说。

“他喜欢那件羊毛衫吗？”莉兹问。

“他很喜欢。就像你说的那样，跟他眼睛的颜色很配。”欧文说到这里，发现那件羊毛衫跟莉兹的眼睛也很配。

莉兹坐在桌子跟前的椅子上。“我真不知道该怎样谢你。”

“这是我工作的一部分。”

“你工作的一部分就是给我爸爸一件羊毛衫？”

“嗯，当然，理论上不是这样。”欧文承认。

“阿尔维还说了些什么？”

“他说你是个好姐姐。实际上，他是说大多数时候你是个好姐姐。”

莉兹笑着抓住欧文的手。“到我家来吃感恩节晚饭吧。嗯，是贝蒂和我的家。贝蒂是我外婆。”

“我……”欧文目光避开了。

“当然，”莉兹说，“这邀请有些迟，也许你还有别的计划。”

欧文想了一下。他绝对没有别的计划。在感恩节这种恋人相聚的节日里，他总是躲开。他觉得即使是在十年之后，做出其他的计划似乎也是对埃米莉的背叛。欧文在平常总是到餐馆里去吃一顿节日的特色饭菜。“感恩节有点奇怪，”欧文最后说，“我意思是，我们都到了这里，为什么还有这么多人要庆祝感恩节呢？只是习惯吗？只是因为我们过去年年都庆祝它吗？”

“听着，你可以不来，如果——”

欧文打断了她的话。“在人间那边，人们过感恩节时很少想到清教徒移民和印地安人，而到了这里就更没有多大关系了。不过，到了感恩节前后，我还是不由自主地有那种感觉，总想做一些补偿，总想吃几个馅饼。这已经在我身上形成了条件反射。为什么会这样？”

“我明白你的意思。今年九月我虽然不上学了，可还是想去买学习用品。”莉兹说，“这当然跟过感恩节不一样，可你总想做点什么来跟家里人保持一致，或者说离家里人更近一些。你吃馅饼是因为你知道他们也在吃。”

欧文点点头。谈了这么久的馅饼，欧文真的想吃了。“那么，”他漫不经心地说，“我什么时候到你家？”

感恩节

“希望你不会介意，我还邀请了一个人。”莉兹那天晚上对贝蒂说。莉兹已经邀请了阿道司·根特和他的太太罗伊娜，桑迪和她的表姐谢莉，以及那条吉娃娃小狗帕科，还有她在家畜科指导的几个学生。她还邀请了柯蒂斯·杰斯特，不过他婉言谢绝了，声称自己是英国人，觉得这个节日“有点伤感”。

“人越多越快乐嘛。”贝蒂说。贝蒂在人间时就很喜欢过节，在身后的生活中更加喜欢节日。“邀请的是谁？”贝蒂问。

“欧文·韦尔斯。”

“你说的该不是那个在海井里给你那么多麻烦的小子吧？”贝蒂问。莉兹的“违法插曲”一直是贝蒂的痛处。

“就是他。”莉兹回答道。

“我以为你不喜欢他呢。”贝蒂说着扬起了左眉毛。

“我是不喜欢他，真的不喜欢。不过他帮了我一个忙，我当时顺口就说了出来。”莉兹叹了口气，“事实上，贝蒂，我没想到他会同意来。然后我就给难住了，因为我不好再拒绝他，对吗？”

“对，”贝蒂笑着表示赞同，“那么，还有谁呢，莉兹？也许你想邀请一个退休的刽子手不成？”

“我得看看能不能找到一个。”莉兹也笑了，“不过，我们这里有那样的人吗？”

跟在人间一样，或者至少跟在美国一样，感恩节在星期四。

阿道司·根特和罗伊娜最先到，接着是桑迪和谢莉，她们带来了馅饼和为了过节穿一套火鸡服装的帕科。

最后一个到的是欧文·韦尔斯。他一早上都在想几个好的理由来取消这次赴宴（化粪池发生爆炸？不测事件？），到了最后一刻他决定还是去。他这些天有空闲，因为那次为羊毛衫的事去潜水后，他被停职了一个月。他给莉兹的外婆带了一棵盆栽植物。

除了客人都是死人外，另界庆祝感恩节的方式跟其他地方完全一样。贝蒂虽然喜欢过节，但不喜欢做饭。她在餐馆叫了菜，这个餐馆就是欧文通常去吃特色菜的那家。贝蒂做了一些越橘酱（家里罐装的）、土豆（捣成糊状，而且很甜）、玉米面包馅、肉汁、小酵母卷、青豆焙盘菜、带馅的蘑菇，还有桑迪和谢莉带来的四个馅饼（一个苹果馅的、一个山核桃馅的、一个南瓜馅的、一个白薯馅的），再加上豆腐火鸡（是一种火鸡形状的素食，口味当然是由自己调制而成）。

贝蒂给每个人倒上了一大杯白葡萄酒。虽然莉兹以前也喝过酒，但贝蒂给她倒酒还是第一次，她觉得自己长大了。

倒完酒之后，贝蒂说："我来致一段简短的祝酒词。"她清了清嗓门，"嗯，我们大家都是长途跋涉来到这里的。"她停顿了一下。

"说得好！说得好！"阿道司说。

"我还没说完呢。"贝蒂说。

"哦，对不起，"阿道司表示道歉，"我以为你的祝酒词很短。"

"可也不能那么短。"贝蒂表示反对。

"可你停住了。"阿道司又说。

"那是为了讲究效果！"贝蒂提高了嗓门。

罗伊娜·根特说："不过，就那么长也很不错。"

"其实我也喜欢简短的祝酒词，"桑迪说，"有些人说个没完。生命是短暂的。"

"死亡也一样短暂。"欧文说。

"是在开玩笑吗？"莉兹问他。

"是的。"欧文说。

"唔，"莉兹想了片刻说，"不错。"

欧文朝莉兹眨了眨眼。"如果我们要想出一个那么长的笑话，那通常意味着——"

贝蒂大声地清了清嗓门，又开始讲话了。“我们大家都是长途跋涉来到这里的。”她停顿了一下，这次没有人打断她。她低头看了看坐在右边的罗伊娜、阿道司和欧文，以及左边的莉兹、谢莉和桑迪，又看了看桌子下面各有一个盘子的帕科和萨迪。萨迪的肚子饿得咕咕直响。

“对不起。”萨迪叫道。

“我不记得想说些什么了，咱们还是吃吧。”贝蒂笑着说。

谢莉举起了酒杯。“咱们为欢笑干杯，”她说，“在我们爷爷家里总是为欢笑干杯。”

“哦，那真有意思！”罗伊娜说，“为欢笑干杯！”

“为了欢笑、为了忘却干杯！”莉兹顽皮地朝贝蒂那个方向笑着说。

“为了欢笑、为了忘却干杯！”全桌的人都齐声说。客人们一起举起了酒杯。莉兹呷了一小口酒，觉得既很甜又很苦。她又呷了一小口，觉得还是甜多于苦。

吃完饭之后，大家都陷入了饭后的慵懒之中。欧文主动提出帮莉兹洗碟子。

“你来洗，我帮你擦干。”莉兹告诉他说。

“可是洗是主要的。”欧文表示反对。

莉兹笑了。“你说你要来帮忙，可没有具体说只是擦碟子。”

欧文卷起左手的袖口，又卷起右手的袖口。莉兹注意到他的右手前臂上有一个图案。是一个大红心，里面写有“永远爱埃米莉”的字样。

“我不知道你会这样。”他那节奏轻快的声音里有一种调皮的意味。

“会怎样？”

“会把所有洗碗的活都强加在一个男人身上。”欧文说。

莉兹看着他取下结婚戒指，小心翼翼地放在水槽的边沿上。她已经习惯了这种现象：像欧文这样十七岁的人已经结了婚。当然，在另界这种现象很普遍。

莉兹和欧文很快就形成了一种很合拍的节奏，一个人洗，一个人擦。欧文一边洗一边吹着曲调。虽然莉兹并不特别喜欢听人吹口哨，但她发现欧文的口哨吹得还可以，当然远称不上非常悦耳。她喜欢的是吹口哨的人，而不是口哨本身。

吹了几分钟口哨之后，欧文转身望着莉兹：“你想要我吹什么曲子？”

“欧文，你这么大方真是太好了，可是，实际情况是——”莉兹停顿了一下，“我不是很喜欢口哨。”

欧文笑了：“可我已经吹了十来分钟了。你干吗不吱声？”

“嗯，我已经把洗碟子强加于人了，所以不想又不准人家吹口哨。”

“你是不是更喜欢我哼曲子？”

“吹口哨很好听。”莉兹说。

“嘿，我只是在逗你玩。”欧文又笑了。过了一秒钟，莉兹跟他一起笑了起来。虽然谁也没说什么很好笑的事，但两人仍然禁不住笑个没完。莉兹放下了手中擦拭的碟子，坐了下来。莉兹有很长时间没有这样开心大笑过了。她极力回忆自己上一次大笑时的情形。

在莉兹死之前的那个星期，佐伊和她在商店里试穿羊毛衫。莉兹在试衣间的镜子里看着自己，对佐伊说：“我的胸脯像个小小的圆锥帐篷。”佐伊的胸脯比莉兹的更小，她反驳道：“如果你的像帐篷，那我的帐篷就是让牛仔进来后烧掉了。”不知是什么原因，两个女孩觉得这番话特别逗。她们笑得那么大声、那么久，就连售货员也只得跑过来问她们是不是需要什么帮助。

那是三月份的事，而现在是十一月了。莉兹上次开怀大笑到现在真的有八个月了吗?

“怎么了？”欧文问。

“我在想我已经有很久没有这样笑了，”莉兹说，“真的有很久了。”她叹息着，“那还是我活着的时候。我跟我最好的朋友佐伊在一起，而且并没有什么特逗的事情，你知道吗？”

欧文点了点头。“最快乐的欢笑往往就是那样。”他洗了最后一个碟子，递给莉兹去擦干，然后关上水龙头，把戒指重新戴在手指上。

“我想我有点想家，”莉兹承认，“这种想家病是最糟糕的，因为我知道自己永远也不能回去，永远也见不到他们了。”

“这种情况不只是发生在另界的人身上，莉兹，”欧文说，“即使在人间，回到原来的地方、原来的人中间也是很困难的。你转身离开，哪怕只是片刻，回来的时候，一切都变了。”

莉兹点点头。“我极力不去想家，可有时候这个念头突然钻了出来。唉！然后我就意识到自己已经死了。”

“你应该知道你的情况已经非常不错了，莉兹，”欧文说，“我刚到另界的时候，有整整一年对了望平台上瘾。”

“我也有过这样的经历，”莉兹说，“可我现在好了。”

“其实这是普遍现象，叫作观望综合征，有的人永远也无法痊愈。”突然，欧文看了看表。已经九点三十了，了望平台十点关门。“对不起，我走得这么突然，”欧文说，“我得赶紧。每个星期四的晚上我都要去看我的妻子埃米莉。”

“我知道，”莉兹说，“有一次我在了望平台时，坐在你身边，问过你要看谁。”

在他的脑海深处，欧文隐约想起了一个憔悴的女孩穿着脏兮兮的破睡衣。他看着那个明眸的女孩站在自己的面前，心里纳闷那是不是同一个人。“睡衣？”他问。

“当时我有点悲哀。”

“你现在看上去好多了，”欧文说，“谢谢你的晚餐，也替我谢谢你外婆。”

就在欧文离开的时候，萨迪走进了厨房。她把长着金毛的脑袋伸进莉兹的衣兜里，示意莉兹抚摸她。

“谁也不会像你这样爱我。”莉兹对她说。

“我爱你。”萨迪说。

“我也爱你。”莉兹对萨迪说着，叹了一口气。她能激发的仅仅只是犬类的爱。

欧文在了望平台关门之前五分钟赶到了。虽然埃丝特一般在关门之前十分钟就不放人进来了，但她认识欧文，于是就挥手让他进来了。“你今天来晚了，欧文。”埃丝特说。

欧文坐在平常所用的那架双筒望远镜前，把一枚伊特尼姆塞进孔里，睁大了眼睛。他发现埃米莉还是保持着往常惯有的姿势，坐在洗澡间的镜子前，用一把银梳子梳着她那红色的长发。欧文看埃米莉梳头看了三十秒钟，然后走开了。

我这是在浪费自己的死亡岁月，欧文对自己说。我就像那些一辈子看电视而与现实不发生关系的人一样。我到这里已经快十年了，最有意义的关系还是埃米莉，而埃米莉以为我死了。这对她没什么好处，对我也没有什么好处。

欧文离开时对埃丝特说：“我在这里干什么呢？”

“我可不知道。”埃丝特回答道。

欧文朝自己的汽车走去。欧文打定主意，下个星期要到莉兹工作的地方去看望她。他想，收养一条狗也许是个很好的借口。

一个谜

两个人为什么会相爱？这是一个谜。

星期二那天，欧文给莉兹打电话的时候，开门见山地问她：“喂，莉兹。我一直想收养一条狗。”

“当然可以，”莉兹说，“你想要一条什么样的狗？”

“嗯，这我可没有考虑过。我想能带去上班的就行。”

“小狗吗？”

“小狗可以，只是不要太小，我可以带着去跑步、去长途旅行什么的就可以。”

“那么，小狗可以，只要她个头大？”莉兹笑了。

“对，一条个头大的小狗。”欧文也笑了，“最好是条公狗。”

“那你干吗不到我们家畜科来呢？”莉兹向他建议道。

当天晚些时候，莉兹向欧文介绍了好几条狗。根据另界的收养条例，狗和人双方都同意收养才能生效。实际上，主要取决于狗，而不是人。这些狗一条条来到欧文跟前，嗅着他的手和脸。有的狗发现欧文特别可爱就舔他的手。由于欧文不会讲犬语，那些狗要问他问题的时候，莉兹就当翻译。

“我可以在他的床上睡觉吗，要不他计划弄一张狗床？”一条名叫吉恩的金毛猎犬想知道。

“她在说什么？”欧文问。

“她想知道能不能睡你的床。”

欧文望着这条金毛，挠了挠她两只耳朵的中间。“天啦，我还没有真正想过。咱们可以揪耳朵玩吗，女孩？”

金毛点点头。“当然可以，不过我真的喜欢在床上看电视。你不会老是把我赶下床去，对吗？”

“她想知道可不可以待在床上。”莉兹为她翻译。

“当然可以，”欧文说，“我不明白为什么不可以。”

“好的。”金毛吉恩想了片刻后说。她把欧文的手一连舔了三次。“告诉他，我要跟他去。”

“她说她要跟你走。”莉兹告诉欧文。

“是不是太快了点？”欧文问，“我不想伤害她的感情，可是……”欧文压低了嗓门，“我想要条公狗，你知道。”

莉兹耸了耸肩膀。“她已经作出了决定。不过，别着急，狗在这方面是很在行的。”

“哦。”欧文说，他为事情进展得如此之快感到震惊。

“再说，”莉兹开心地说，“吉恩已经在你的手上舔了三次。这样就算成交了。”

“我没有意识到这一点。”欧文回答道。

“所以，我要你填两张表格，事情就正式搞定了。”莉兹说。

“好吧，不过请你问问她，会不会晕船什么的？我的工作大多在船上。”欧文说。

“我能听懂人话。不是所有的狗都能听懂，可我能。只是我不会讲，”吉恩说，“我很喜欢船，不晕船。至少不是特别晕船。除非是风浪特别特别大。”

“吉恩能听懂英语，她很喜欢船。”莉兹报告说。

吉恩继续说着她的要求。“告诉他我一天至少要喝三次新鲜水。我喜欢掺水的狗食，不喜欢干东西。我喜欢网球，喜欢在公园里散步，喜欢飞碟。哦，我会用抽水马桶，所以请他把浴室的门敞开。吔吔吔吔，我太高兴了！”吉恩把爪子放在欧文的肩膀上，“我知道你会对我很好的，欧文！”

“她在说什么？”欧文问。

“她认为你会对她很好的。”莉兹聪明地概括了她的意思。

填写完了必需的表格之后，莉兹陪着欧文和吉恩来到吉普车跟前。吉恩立刻跳到汽车的后座上，躺了下来。

“谢谢你的帮助。”欧文说。

“没关系，”莉兹笑道，“你是怎么想到要养狗的？”

欧文笑了。“我到这里来的时候还没有完全决定，是吉恩为我作出了决定。”

莉兹点点头。“我跟萨迪也是这样的。”

“事情是这样的，”欧文说着，把身体的重心从一只脚移到另一只脚上，“我不知道你是不是还想洗碟子。”

“碟子？”莉兹问。

“对，”欧文说，“这是一句很笨的话，意思是我想请你吃饭。”

“哦，是这样的吗？我没听懂呢。”她是真的没听懂，因为她在这方面的经验很有限。

“你知道，是为了谢谢你把吉恩给了我。你不一定非得洗盘子。当然，除非你自己想洗。我不会阻拦的。”

“唔。”莉兹说。

萨迪在停车场的那边对莉兹喊叫。“莉兹，电话！”

“有我的电话。”莉兹道歉了一声，朝办公室走去。过了一会儿，她停了下来。“以后再给我打电话！我总是在这里的！”

欧文目送着莉兹跑进去，看着她那金色的马尾辫（她的头发只是最近才长成这个样子的）随着脚步很有节奏地上下跳动。她那马尾辫很诱人，充满着希望，欧文想。他一直等到莉兹消失在楼房里面，才钻进车里，开车走了。

在开车回家的路上，吉恩把脑袋吊在窗口上，让她那金毛的耳朵对着风吹。她一路上叫个不停。“我不知道我为什么喜欢把脑袋放在窗口，只知道这么做，”吉恩刚说到这里，车子就在红灯前面停了下来，“我还是条小狗的时候就喜欢这样。是不是有点怪？你喜欢一样东西却不知道为什么喜欢，这是不是有点怪？”欧文把吉恩的叫喊当作是高兴的表现，而他的理解是完全正确的。

两个人为什么会相爱？这是一个谜。

一个星期以后，莉兹和萨迪来到欧文·韦尔斯的小公寓里。吉恩跳起来迎接她们。

“你好，莉兹！你好，萨迪！”吉恩说，她真的很高兴看到莉兹和萨迪，“见到你们很高兴！欧文是个好男孩！他让我睡他的床！我在劝说他搬到大一点的地方去，搬到一个有院子的地方去。他在学着做饭，不过我想他做得不好！话说得好听点，别伤害了他的感情！”

欧文看着站在门口的莉兹和萨迪笑了。“晚饭在这儿呢。但愿你们喜欢意大利面食。”

尽管吉恩的意见不同，但欧文的饭做得不错。（谁说狗知道饭做得好不好呢？）莉兹很感激他的盛情。这是她第一次品尝不是家里人做的饭菜。

饭后，莉兹主动提出去洗盘子。“这次我来洗，”她说，“但不一定非要你来擦，我要你吹口哨。”

盘子洗完了，莉兹、欧文、萨迪、吉恩来到欧文家附近的公园散步。

“你跟吉恩相处得怎么样？”莉兹问。

“她很不错，”欧文笑了，“我简直不敢相信自己以前没养过狗。”

“你在人间那边没有狗吗？”

“我们没有养过，”他说，“当时埃米莉讨厌狗。我估计，她现在仍然这样。”

莉兹点点头。“你说她名字的方式……我无法想象有谁说起我的名字时会那样特别。”

“哦，这可说不准。”欧文说。

“是真的。”

“你死的时候还太年轻，”欧文沉思道，“男孩子都给你吓坏了。也许下回有吧？”

“也许，”莉兹满怀疑虑地说，“我给下辈子制订了许多计划。”

“如果我早点碰到你，那我说起你的名字时也会那么特别。”欧文说。

“呵，”莉兹说，“可是一个人只能那样说另一个人的名字一次，而你已经用掉了。这是个规则。”

欧文点点头，没有说话。

他的沉默使莉兹心头升起一股奇怪的感觉，但并不是不愉快。他的沉默使莉兹壮起了胆，她决定请欧文帮一个忙。

“如果你不愿意的话就说不。”莉兹开始就这样说。

“听起来有点可怕。”欧文说。

莉兹笑了。“别着急。没什么可怕的，至少我不觉得可怕。”

“那当然，我已经知道我要说不了。”

“那么，事情是这样的，我已经厌烦让贝蒂开车把我送到这儿、送到那儿的了，可我得学会三点转向和平行停车才能拿到驾驶执照。我死了还没——”

“当然可以，”欧文不等莉兹的话讲完就说，“没问题。”

“我本来可以请贝蒂教我，可是我们在车的问题上有过不愉快——”

欧文打断了莉兹的话：“我说，没问题。我很乐意。”

“哦，”莉兹说，“谢谢你。”

“不过你讲讲那件不愉快的往事我也不会介意的，”欧文说，“其实，咱们开始学之前也许还是先听一听那件事的好。”

两个人为什么会相爱？这是一个谜。

在接下来的那个星期里，莉兹和欧文每天下班后都见面。她轻松地掌握了三点转向，但发现平行停车很棘手。

“你得想象自己就在那个空间里。”欧文耐心地说。

“可那不可能，”莉兹说，“一个轮子前后移动的东西怎么可能突然平行地移动过去呢？”

“是角度，”欧文说，“你需要把方向盘转到极限，然后慢慢退进去。”

又过了一个星期，莉兹仍然远远没有掌握难以捉摸的平行停车。她几乎放弃了希望，觉得自己永远也学不会，并且开始感觉到自己很笨。

“你瞧，莉兹，”欧文说，“我在想这是个心理问题。你没有理由学不会。有某种东西在妨碍着你进行平行停靠。也许咱们今夜就学到这儿？”

那天晚上，莉兹思索着自己笨拙的原因，决定给桑迪打电话。

“嗯，说起死人，死人就到了。”桑迪说。

“我学了好久，”莉兹回答道，“欧文·韦尔斯一直在教我开车。”

“我敢说他是在教你。”

“你这是什么意思？”莉兹问。

“我们在养狗场里的时候，萨迪告诉帕科说，你经常跟韦尔斯先生见面。”

莉兹看了一眼萨迪，她正仰卧着，好让莉兹抚摸她的肚子。“叛徒，”她低声说，“他爱着别人呢，”莉兹回答桑迪道，“再说，我们只是一般的朋友。”

“呵哈。”桑迪说。

莉兹告诉桑迪说她学不会平行停车，并问她这位具有差不多十一个月驾驶经验的司机有什么建议。

“我想你是不想学会平行停车，莉兹。”

“我当然想学啰！”她坚持自己的意见，“就是太难了！跟别的驾驶技术不同！不符合逻辑！要想象，要有信心，要手法敏捷！你得像个该死的魔术师！”

桑迪笑了。“也许你不想结束跟欧文学的这门课程，你明白我的意思了吗？我是说，如果你仅仅只是想学习停车和转向，早就该问我了。”

“你？你学会还不到一年呢！”

“要不，问贝蒂？”桑迪建议道。

“得了！你知道我们之间的往事！”

“我想你是爱上他了，”桑迪开玩笑地说，“我想你已经恋爱——爱上他了！”她笑了。

莉兹也随即挂上了电话。桑迪竟然是这样一个万事通。莉兹有时候简直不敢相信桑迪居然会是她最好的朋友。

第二天晚上，莉兹连续三次丝毫无误地完成了平行停车。

“我跟你说过，只要你用脑子就能学会。”欧文说。他朝窗外望了一眼。“我想咱们就练到这儿吧。”他接着说。

莉兹点点头。

“哦，对了，你觉得是什么妨碍着你？”欧文问。

“这是一个谜。”莉兹回答道。她把车钥匙递给欧文，下了车。

恋爱中的莉兹

“怎样才能知道自己是不是爱上某个人呢？”莉兹趁着午餐休息的时间问柯蒂斯·杰斯特。

柯蒂斯扬起了眉头。“你是在说你爱上某个人了？”

“是个朋友。”莉兹局促不安地说道。

柯蒂斯笑了笑。“你是说你爱上了一个朋友？你想告诉我什么事吧，小莉齐？”

莉兹感到自己脸颊发烫。“我只是出于对人类学的兴趣才问你的。”她回答道。

“对人类学的兴趣？”他的眼睛轻快地移动着，莉兹觉得他的眼神有些不对劲。

“既然你不把这件事当回事，我这就走！”她生气了。

“天哪，我们是不是太敏感了！小莉齐，朋友之间就不能开开玩笑吗？”看到莉兹不吃这一套，柯蒂斯只好做出让步，“好吧，亲爱的，我们这就来聊聊爱情。”

“你说吧。”

“在我看来，一个人如果认为自己离开了他、她或它就活不了，那么这就是爱情。你是个聪明的女孩，而且我想你以前也一定听说过。”

“可是，柯蒂斯，”她反驳道，“我们已经死了！我们必须时刻在没有人的情况下生活，我们仍然爱他们，他们也仍然爱我们。”

“我刚才说认为。实际上，一个人并不需要另一个人或另一个人的爱情才能生存下去。小莉齐，当我们失去理智，认定那样才能活下去，那便是爱情。“

“可是，柯蒂斯，难道爱情就不能是快乐，不能是让对方开怀大笑，不能是共同快乐吗？”

“哦，小莉齐，”柯蒂斯笑着说，“要是真这样就好了！”

“你这样嘲笑一个非常自然的问题真是没有礼貌。”莉兹说。

柯蒂斯止住了笑声。“对不起，”他说，脸上露出了真心抱歉的神情，“只有一个从来没有相爱过的人才会问这样一个十分荒唐的问题。我是早就打定主意不与爱情沾边了，而且我打那以后更加快乐。”

在坐公共汽车回去的路上，莉兹在心里琢磨着柯蒂斯刚才的那番话。他的话虽然有些拐弯抹角，却也回答了她真正想问的问题：我和欧文相爱了吗？答案是“没有”。她当然没有和他相爱。她回想起他们之间的交往过程时，几乎觉得自己有些可笑。首先，欧文仍然爱着他妻子。其次，一起欢笑、一起玩、一起快乐并不意味着他们就相爱。莉兹觉得自己如释重负。她可以继续想见欧文就见欧文，因为她相信自己并没有爱上欧文，欧文也没有爱上她，所以她很安全。再说，这爱不爱的事也太麻烦。莉兹觉得自己可能还太小，还没有到谈情说爱的地步。她要把精力放在工作和朋友上，仅此而已。

不错，从某种意义上说，莉兹如释重负；可从另一个角度来说，她又没有。真实的情况是：她喜欢沉浸在“欧文可能爱上了她”这个想法中，哪怕他只爱她一点点。

莉兹掌握了平行停车技术后的那天晚上，欧文突然发现自己无所事事。他独自一人生活了将近十年，而与莉兹相处只有三个星期，可他无法想起在这三个星期前的十年中自己每天晚上都是如何度过的。欧文在自己的公寓里来回踱着步子，干着那些只有想把时间打发掉的人才干的家务事：他用一把长长的木质高尔夫球棒来清理烤箱和冰箱之间的空隙，却发现球棒太短，无法让他达到目的；他清扫了床底下；他试着看《卡拉马佐夫兄弟》，而且是一个他生前就一直在看的新译本，却发现最多到62页就再也看不下去了；他在厨房的灶台上倒了一小堆盐，然后试着把一只鸡蛋竖在上面（却发现这不管用）；他用肥皂刻了一条小船；他把所有只剩了一只的袜子扔掉。这一切只花了他一个小时，然后欧文沮丧地一屁股坐到沙发上。

“你应该给莉兹打个电话。”那条叫吉恩的金毛对欧文说，遗憾的是欧文仍然不懂犬语，所以吉恩的智慧在他身上如石沉大海。

“我相信莉兹和萨迪正玩得非常开心，”吉恩说，“我们干吗不去看看她们呢？”

欧文没有回答。

“欧文，你真应该学会犬语，那样的话我就可以给你一些指点，”吉恩恼怒地吠叫着，“知道吗，你爱上了莉兹！这谁都看得出来！”吉恩用爪子刨着大门，吼叫着，“瞧瞧你都让我沦落成什么了！”

“你想出去吗？”欧文问她。

“啊，这就是你的想法？”吉恩讥讽地说，“快点，我们走！我带你去散散步。”

吉恩带着欧文穿过整个城市，不一会儿就来到了莉兹家门前。

莉兹、萨迪和贝蒂都在屋子外面，忙着为圣诞节的到来而装饰房子。莉兹站在梯子上，用U形钉子把圣诞彩灯固定在屋顶上。萨迪看到吉恩和欧文走过来时，吠叫了起来。

“你好，吉恩！你好，欧文！”萨迪说。

欧文朝莉兹羞涩地笑了笑。“吉恩硬吵着要来这里。我不想打扰你们，也不想给你们添麻烦。”

“你说哪儿去了，欧文。”贝蒂说。自从欧文教会莉兹平行停车后，贝蒂对欧文的好感与日俱增。她注意到欧文给莉兹上的驾驶课的的确确使莉兹的情绪有了好转。“莉兹，把剩下的活交给我。你去和你朋友打个招呼吧。”

莉兹下了梯子，淡淡地说道：“我正好想歇一会儿。”

“对不起，”他道歉说，“吉恩硬要过来。我们应该先打个电话。”

“谢谢你教我开车，”莉兹的口吻稍微客气了一点，“我很抱歉我学得很慢。”

“那是我的荣幸，”他说，突然又变得手足无措，“你什么时候能拿到驾照？”

“嗯，我发现另界的机动车管理局主要是把大家的驾照给收走。新驾照只在每个月的第二和第四个星期二颁发，而整个十二月根本就不办理。我只好等到一月份了。”

欧文点点头。“祝你好运。”他转了转手指上的婚戒，可这个紧张不安的不知不觉的行为让莉兹觉得恼火。

“我得继续帮贝蒂装灯了，”莉兹说，“也许你可以换个日子再来我家坐坐。”莉兹笑着走了。

欧文大着胆子要她留下来，便冲着她的背影大声说道：“也许我天天都会来你们家。”

莉兹转过身来，直视着欧文的眼睛。“可我认为我已经学会了平行停车，对吗？”

“我们还没有练习如何在山坡上平行停车。虽然我觉得考试时不大会考这一项，可……”

“不，”莉兹打断了他的话，“在平行停车方面最好还是安全第一。”

“我也是这样想的。”欧文说。

莉兹送欧文一本《如何说犬语》作为圣诞礼物，欧文则送莉兹一对绒毛骰子，让她挂在她汽车的后视镜上。（更确切地说，是挂在她外婆汽车的后视镜上，因为除了欧文的车外，莉兹目前唯一开的就是贝蒂的车。）

在莉兹参加驾照考试前的几个星期里，欧文和莉兹在各种路面上练习平行停车。他们在土路上、小河旁、大桥下、公路上、体育馆旁、海滩上，当然还有山坡上练习着。随着考试的日期日益临近，莉兹突然发现自己好像有点巴不得考不过。

考试前一天晚上，莉兹正准备下车，欧文突然抓住了她的手。

“莉兹，我非常喜欢你。”他说。

“哦，”她说，“我也非常喜欢你！”

欧文吃不准她的那声“哦”是欧文的昵称“欧”呢，还是仅仅一个“哦”。他无法确定这两者有什么区别。他觉得有必要说得更清楚一点。“我刚才说‘我非常喜欢你’时，我实际上是在说‘我爱你’。”

“欧，”她说，“我的意思也一样。”她随手关上了车门。

“嗨，”他在驱车回家时自言自语道，“这是不是有戏了？”

第二天，莉兹上午七点钟就赶到了机动车管理局，是当天第一个被接待的对象。她轻而易举地通过了考试。考官这样评价莉兹平行停车的水平：“我所见过的最平稳的。”

“祝贺你，”欧文当天晚上对莉兹说，“可是你知道吗，你还有一个地方没有练习过平行停车。你也许可以拿到驾照，不过，如果我们没有练习过在那里停车，我还是有些不放心。”

“是吗？在哪里停车？”莉兹问。

“别心急嘛。我要对你的驾驶技术负责，所以如果不完成这最后一项，我是不会放心让你独自在这世界上开车的。”

“好吧，”莉兹耸了耸肩，“你能不能告诉我这项驾驶仪式要在哪里举行？”

“不行，”欧文笑着说，“我不能告诉你。”

于是，欧文和莉兹再次上了欧文的车。莉兹开车，欧文偶尔给她指点一下。最后，他让她把车停在了“免下车”电影院红色霓虹灯招牌前。

“我们这是去看电影吗？”莉兹抬头望着巨大的银幕问。

“不是，”欧文边付钱给检票员边说，“我们这是去练习你的驾驶技术。”

“我还以为你要带我去看电影呢，”莉兹不依不饶，“我以为你是在和我约会。”

“嗯，你有你的看法，我有我的看法。”欧文说。

“顺便问一句，我在练习车技时，我们要看什么电影？”莉兹问。

“是一部重拍的爱情故事。琼·克劳馥德扮演片中的女孩，里维·菲尼克斯扮演小伙子。”

“听上去不错，”莉兹说，“不过我不喜欢重拍的电影。”

“这太好了，反正你来这里也不是为了看电影。”

莉兹停车去买了爆米花和饮料，然后将车停在了第一排停车处。他们吃着爆米花等待着电影开始。“我觉得这有点古怪，”莉兹对欧文说，“你总是喜欢拐弯抹角。”

“你在说什么？”

“嗯，你请我吃晚饭时，你把那称作‘洗碗’。你现在好心好意地请我看电影，却说是在‘练习我的车技’。”

“对不起。”欧文说。

“哦，我并没有生气。我其实很喜欢，”莉兹说，“我只是觉得你好像总是话中有话。我这就有事可做了。我必须时刻揣摩你想说什么。”

“从现在开始，我尽量把话说得更直率一点。”欧文说。

电影开始时，欧文小声对莉兹说：“我原来以为你现在已经拿到了驾照，我可能再也见不到你了。”

莉兹眨了眨眼睛：“欧文，有时候，你真是笨极了。”

一星期后，欧文和莉兹又坐在了露天电影院中。

一星期后，他们再次坐在了露天电影院中。

一星期后，他们又一次坐在了露天电影院中。

“我们在车里一起度过了这么长的时间，却从来没有坐到后座上，你不觉得这有点奇怪吗？”莉兹问。

“现在是谁话中有话了？”欧文说。

“你先回答我的问题。你不觉得这有点怪吗？”

“莉兹，我并不是对你没有感觉，”欧文停顿了一下，“我只是无法肯定这样做是否对。”

“为什么？”

“首先，我年龄比你大。”

“你只大我两岁。”她说。

“只大两岁，却像相差了一辈子。不过，重要的不是我比你大。”欧文深深地吸了口气，“我以前就来过这里。实际上，亲密无间并不一定非得与汽车后座有关。真正的亲密无间是一起刷牙。”

欧文脱掉了外套。莉兹望着他身上那“永远爱埃米莉”的文身，不知为什么突然意识到很久以前欧文曾经与埃米莉一起做过爱。莉兹突然注意到欧文身上的文身似乎比以前任何时候都更明亮、更清晰，看上去简直像在闪光。

“欧文，”莉兹问道，“这文身是怎么回事？”

“哦，这还是我在人间时留下的。我当时才十六岁，真的很傻。”

“我不是问你这个，我是想问这个文身为什么这样亮。”

欧文低头看了看自己的胳膊。“我知道。这有点古怪，是不是？我以为它会慢慢消失，可它却越来越亮。”

“要是你愿意，你也可以把我的名字刺在你的胳膊上。”莉兹说。

“是可以，但文身在另界不管用。你刚把它刺上去，它就会立刻消失。”欧文说，“吃那样的苦不值得。”

“你真不明白吗？重要的是这举动。”莉兹开着玩笑说。

“如果我没有理解错的话，你想让我忍受几个小时的痛苦，仅仅是为了有个表示？”

“不错，”莉兹的脸上毫无表情，“我要看到你的屁股上刺上‘现在爱莉兹’。”

“在我的屁股上？”

“是啊，在你的屁股上。总共只有九个字母，不会疼得太厉害。”

“你简直是个施虐狂。”欧文说。

“我觉得我对你还算客气的，都没有要你把我的全名‘伊丽莎白’刺上去。”

“你可真是够客气的。”他说。

莉兹用双手抓住他的胳膊，仔细看着那文身。她心中想，他曾经那么真挚地爱过一个人，甚至愿意为她在胳膊上文身。

“不算太糟，”欧文说，“我当时还年轻，也很傻。”

“真的很疼吗？”莉兹问。

欧文点点头。

莉兹抓起欧文那只文了身的胳膊，将它贴在自己嘴唇上。她亲吻着他的胳膊，然后咬了一口。

“啊。”欧文叫道。

莉兹想，这就是爱。

不速之客

如果我们读过桑迪所写的书，就会发现其中讲述了一场早就被人遗忘的拼单词比赛（也就是说，只有桑迪一个人还记得它），就会读到一个小女孩在拼写e-c-h-o的最后关头又在结尾处添加了一个字母e。这本书会给我们讲述桑迪的初恋，一个名叫“瘦子”的胖男孩在桑迪葬礼后的那个星期开始与桑迪的第二个表妹约会。这本书会告诉我们脑袋里多了一颗子弹会如何改变一切：即使在伤愈后很久，看东西时颜色还是发生了变化，闻东西时气味发生了变化，记忆也发生了变化；书中还会讲到一位她从来没有见过的父亲，一位现在生活在另界的父亲，一位桑迪不愿意去见的父亲。不过，由于我们这本书的主人公不是桑迪，我们只能在这非常平常的日子和她在一起。至少这一天对她来说非常平常。

在桑迪上班的电台，她每天中午吃过午饭后，都会在一点钟左右收到她该念出的那些到达这里的人的名单。由于她一直要等到五点钟的播出时间才开始念这些名字，她便会利用这之前的四个小时使自己熟悉每个名字的发音。其实这种多余的练习在绝大多数情况下根本没有必要。桑迪很少念错，她有着特殊的天赋，能把最难念的外国名字念准。不过，尽管如此，在这特殊的一天，桑迪在念一个非常简单、非常容易念的名字时结巴了一下，她决定给莉兹打个电话。

“和欧文在人间结婚的那个女人，她叫什么名字来着？是什么爱伦吗？”桑迪希望自己把那名字记错了。

“埃米莉·韦尔斯。”莉兹对这名字再熟悉不过，就像那是她自己的名字一样。“怎么啦？”

“埃米莉·韦尔斯，这名字一定很常见。”

“桑迪，你这话什么意思？”莉兹问。

“我没有必要和你兜圈子，莉兹。今天新到的人的名单中有她的名字。她将坐明天的船到达这里。”

莉兹心跳加速，说不出话来。

“这不一定就意味着什么。”桑迪说。

“我知道。当然不意味着什么。你说得对。”莉兹深吸了口气，“不知道欧文是不是已经知道了。他已经好几年没有留意听广播了。”

莉兹决定亲自去找一下欧文。白天找他很难，因为他大多数时候都在出海。不过，他有时也会上岸来吃午饭。于是，两点钟左右，她决定碰碰运气，去码头上等他。

欧文看到莉兹时露出了笑容。

“这倒是出乎我的意料。”他拥抱着她说。

莉兹本来想立刻把埃米莉的事告诉欧文，但她实在没有勇气将它说出来。

“没出什么事吧？”他问。

莉兹点点头，但半天没有吭声。她只是盯着水面发呆。“我在想是不是还有别的另界。”她最后开口道，“你说怪不怪，我以前居然从来没有想过。是不是每个地方的每个人都会来到这地方？一定还有别的船，对吗？也许别的船会去别的地方？”

欧文摇摇头。“我们最终都会来到另界。”

“我只是想说，这地方好像很小，容不下每个人，对吗？”

“另界其实非常大，这完全取决于你怎样看。”他抓起莉兹的一只手，将它翻过来，掌心向上。“这其实是个岛。”他说。他用手指轻轻在她的手掌上画出了另界的地图，“船从这里进来，那里是回人间的河。我不知道你是否知道，这条河其实在大洋的中央。大洋中的海水每天只分开一次，让那些婴儿返回人间。”欧文在莉兹手腕处蓝色的静脉上歪歪扭扭地画出了那条河，然后再顺着它一路画到她的拇指处，“这里就是我们第一次相见时的海井。”

莉兹紧紧地盯着自己的手掌。她可以感觉到欧文刚才画出的无形界线。突然，她握紧了拳头，整个世界随之消失。

“埃米莉要来这里了。”莉兹说。

“她死了？”欧文不慌不忙地问，语气非常庄重。

“桑迪在即将抵达这里的名单中看到了她的名字。她明天到这里。”

欧文摇摇头。“我不相信。”

“那么你准备怎么办？”莉兹问，声音轻得像耳语。

“我明天去码头接她。”欧文说。

“然后呢？”

“然后带她去我家。”

“你认为她可能会和你住在一起，是吗？”

“莉兹，她当然得和我住在一起。”

“那我们怎么办？”莉兹的声音仍然很低。

欧文久久没有回答。最后，他开口道：“我真的爱你，可我先认识她。”他把自己的手放在她的双手上，“我也不知道该怎么办，不知道怎样做才算对。”

莉兹望着欧文。他显得十分痛苦，莉兹不希望自己就是让他痛苦的原因。她把自己的手抽走。当她开口时，她的声音非常坚定，完全像个大人。“说实在的，欧文，”莉兹说，“我们其实才刚刚认识。你应该承担对你妻子的义务。”莉兹等待着，想看看欧文会说什么。

“我不想失去我们之间的友情。”他说。

“我们可以继续做朋友。”莉兹说。看到他这么快就领会了她的意图，她感到有些失望。

“哦，莉兹，你才是最好的！”欧文重新把她搂在怀里，“埃米莉是个非常不错的女孩。我觉得你会喜欢她的。”

当天晚上，莉兹蜷缩在床上，身旁躺着萨迪。她在想，一个人怎么会一分钟前说自己爱一个人，一分钟后又说自己不爱这个人呢。

当然，莉兹在这些问题上非常缺乏经验。正如许多人发现的，一个人完全可以全心全意地爱两个人。一个人也完全可以渴望两种人生，可以觉得一种人生无法容纳一切。

日落时分，轮船到了。欧文不知道埃米莉是否还能认出他，因为他们毕竟已经将近十年没有见面了。他注意到码头上的其他人都举着自己做的硬纸板，上面写着他们要接的人的名字。也许他也应该准备一块，不是吗?

埃米莉第二个下船。虽然欧文站的位置离船的跳板相距五百码，但他还是能确定那就是她。她那一头醒目的红头发让欧文欣喜若狂。她现在应该是三十六岁了，不过在他的眼里，她看上去和他离开人间时所记得的模样完全一样。

埃米莉看到了欧文，微笑着向他挥手。她大声叫道：“欧文。”

“埃米莉！”欧文推开人群向前奔去。

来到对方面前时，欧文和埃米莉拥抱在一起，亲吻着。欧文觉得这一切就像是部电影。他等待了她这么久，现在她终于来了。

“你想我吗？”埃米莉问。

“哦，有一点点想。”他说。

埃米莉握着欧文的手，退后一步，上下打量着他。“你气色很好。”她说。

“你的气色也不错。”欧文说。

埃米莉把欧文的头发捋到耳朵后。“你看上去很年轻，”她微微皱起了眉头，然后朝码头四周看了看，“这里都是年轻人吗？”

“最终都会变得年轻。”欧文说。

“这个‘最终’是什么意思？”埃米莉问。

欧文笑了笑。“别着急，”他说，“最终都会有个结果。我慢慢给你解释。”欧文抓起埃米莉的手，领着她向停车场走去。他一路上觉得自己已经把那些痛苦的岁月彻底地抛到了身后。

埃米莉坐到车上后问：“这里是怎么安排的？我和你住在一起吗？”

“那当然，”欧文回答说，“你是我妻子嘛。”

“现在仍然是吗？”

“当然是，”欧文放声大笑，“否则你是谁呢？”

“可人们总说‘直到死亡将我们分开’之类的话，那又如何解释呢？”她问。

“我一直认为我们已经结为夫妻，”欧文说，“现在当然是再也不分开了。”

埃米莉点点头，但是没有说话。

“你没有一直把我们当作夫妻吗？”欧文问。

“在某种意义上说，应该是吧。”埃米莉说。

“我有没有告诉过你，我见到你多么高兴？”欧文问。

当天晚上，欧文和埃米莉躺在了床上。他问：“我爱流感有什么不对吗？我想赞美流感有什么不对吗？”

“我很高兴我的生命结束能让你发挥吟诗唱歌的才华。不过别忘了，我在这里已经是个死人了。庄重一点总不会错。”埃米莉笑着说，“流感。居然因为这个而离开人世，真是愚蠢。”说到这里，她打了个喷嚏，“嗨，我还以为这里没有疾病呢。”

“这里是没有疾病。”欧文说。

她又打了个喷嚏。欧文突然想起来，她对狗过敏。（他原来打算在埃米莉来的第一个晚上让莉兹照看一下吉恩——他觉得他和埃米莉也许想单独在一起。）“原因是……”欧文说，“嗯，我养了条狗。我知道你以前一直对狗过敏，可是……”

埃米莉打断了他的话。“也许我现在已经不再过敏了呢？我是说，也许我在这里不会过敏。”

欧文不敢肯定。“也许吧。”

“我打喷嚏也许是因为我正从流感中康复过来。有没有这种可能性？”

欧文心中认为没有这种可能性，不过他决定不说。“也许吧。”

第二天，趁着埃米莉去参加适应仪式的机会，欧文把吉恩接回了家。虽然吉恩对莉兹忠心耿耿，她也非常讲究实际。她知道自己必须给埃米莉留下一个好的第一印象。根据她的经验，很少有人能抵挡一条不断摇晃的尾巴，于是，埃米莉刚走进门，吉恩便开始冲着她使劲地摇尾巴。“你好，埃米莉。我叫吉恩，是欧文的狗。很高兴认识你。”

“你好，吉恩。”埃米莉说。

吉恩伸出一只爪子让埃米莉握一握，埃米莉却冲着爪子打了个喷嚏。

“天哪！”吉恩急中生智地说道，“长命百岁！”

“谢谢你。”埃米莉说，“欧文，你的狗居然会说话，你不觉得奇怪吗？”

“太棒了，埃米莉，你居然能听懂犬语！”欧文说，“我自己听不懂，不过我真希望自己能听懂。有些人天生就能听懂犬语，就像……”他停顿了一下，“就像我朋友莉兹。”

埃米莉又打了个喷嚏。

“你是不是对狗过敏？”吉恩问。

“我以前是，在人间的时候，”埃米莉只好承认，“不过我认为我在这里不会过敏，对吗？”

吉恩半信半疑。

埃米莉接着说道：“我可能只是自认为我过敏，因为我以前对狗过敏。也许这是心理作用？”埃米莉又打了个喷嚏。

“什么是‘心理作用’？”吉恩担心地问。

“那意味着全是我脑子里的问题。所以我相信我最终不再会对你过敏。”

“你觉得会吗？”吉恩歪着脑袋问。

“晦，也许吧，”埃米莉又打了个喷嚏，“希望是这样。”

可是第二天早晨，埃米莉的眼睛就红肿了起来，而且她还在不停地打着喷嚏、咳嗽。尽管这过敏让她感到很难受，埃米莉仍然充当着吉恩和欧文之间的翻译。

“听我说，欧文，”吉恩说，“我不想和一个只要我一出现就不停打喷嚏的人生活在一起。”她可怜巴巴地垂下了尾巴，“这让我觉得自己在这里不受欢迎。”

“我真的为自己过敏而感到抱歉。”埃米莉对吉恩说。然后，她告诉欧文：“吉恩说她不愿意和我生活在一起，因为我打喷嚏，而这让她感到很不安。”

“好吧。”欧文说。他很高兴吉恩在他开口之前就提出了这个建议。

“欧文，你不打算反驳一下吗？”吉恩现在垂下了双耳，“我是说，是我先住在这里的。也许她可以住到别处去？”

“她建议我住到别处去，因为她比我先住在这里。欧文，也许她的话有道理？”埃米莉打了个喷嚏。

“不行，”欧文说，“你是我妻子。我们会想出办法来的。”

当天晚上，吉恩这条从来不在屋外过夜的狗在门廊上睡了一夜。“我们会找到解决办法的。”欧文又说了一遍，试图安慰吉恩。

“至少可以让我睡在沙发上呀，不行吗？”吉恩哀求道，“我们第一次见面时，你答应过我，我可以永远睡在沙发上。”不幸的是，欧文听不懂她说的任何一个字。

三天后，欧文把吉恩丢在了莉兹家。虽然埃米莉仍然认为自己的过敏只是暂时的，但吉恩已经厌倦了天天睡在外面的日子。

“情况怎么样？”莉兹问欧文。她觉得他显得疲倦，但很幸福。

“太棒了。”他说。然后，他又悄声说道：“我希望我过两天就能接吉恩回去，不过这一切对埃米莉来说有些承受不了。”

“那当然。”莉兹不自然地笑了笑。

“驾照的事怎么样了？”欧文问，“平行停车是不是让你感到头疼？因为我可以……”

她打断了他的话：“不。”

“谢谢你照顾吉恩。”

“没什么，”莉兹耸了耸肩，“有时候有些事情只是行不通。”

欧文起身向外走。

“顺便问你一句，”莉兹说，“埃米莉的死因是什么？”

“流感。”

“可我以为她是个大夫呢！她一定注射过疫苗。”

“是注射过，可那疫苗不管用。要知道，并非所有的疫苗都能发挥作用。”

“我知道。”莉兹答道。

望着欧文驾车离去，莉兹琢磨起了流感。她想到她所认识的其他每个人都死得比埃米莉体面得多：阿道司夫妇死于飞机失事，贝蒂乳腺癌，她自己和萨迪车祸，柯蒂斯和桑迪的表姐谢莉吸毒过量，桑迪头部中弹，欧文火灾，埃丝特老年痴呆病诱发的疾病，帕科溺水。莉兹心中想，这些才是实实在在的死亡。除了真正老得不中用的人外，还有谁会因为流感而死呢？莉兹想这一切发生了如此变化，就是因为愚蠢的埃米莉嫌太麻烦，不愿意好好洗手。

欧文回到家时，埃米莉正在看着一本影印的小册子，上面印着《另界职业介绍所各种职业指南》。她说：“看样子我不能再当医生了。我估计我可以在康复中心工作，不过那种工作更像是护理。”

“我很抱歉。”欧文说。

“不要道歉。就算我真的仍然可以当医生，我也不一定还想当医生。”

“你知道你想干什么别的工作吗？”他问。

“也许我想成为那种从了望台观看人间书籍的人，然后把人间的书大致翻译成这里的书。”

“你不会是说你想当一个书籍记录员吧？”

“这正是我想要做的。要想当一个书籍记录员，你就必须精通标点符号的使用，必须具有非常好的听力，必须在晚上熬夜，因为人间的人大多在晚上看书，而这三点我都具备。”

“不过这工作好像有些枯燥。”欧文说。

埃米莉耸了耸肩。“我当大夫的时候一直没有时间看消遣书籍。再说，这只是我要干的工作，又不是我生活中的一切。”

欧文只是摇了摇头。“你一直志向远大，现在居然只想记录书籍？这听上去不像是你的为人。”

“也许我现在不同了。”埃米莉说。

欧文决定换个话题。“你父母还好吗？”

“好。”埃米莉说。

“你妹妹呢？”

“爱莉正在和乔闹离婚。”埃米莉说。

欧文说：“他们当初那么相爱。”

“那种热恋并没有持续多久。”

“我还是不敢相信。”欧文说。

“你已经有段时间没有观察他们了，”埃米莉说，“所以有些事情你没有看到。”

“好吧，”欧文说，“用三十秒的时间给我讲一讲过去十年发生的一切。开始！”

“呣，”她说，“我……”

“快点，”欧文看着自己的手表说，“你还剩下二十五秒、二十四秒。”

埃米莉放声大笑。她尽量快地说：“从医学院毕业，为了你而进了烧伤科，当大夫时的表现还可以。得病，意外，死亡。许多时候都和我妹妹在一起……”

“还有十秒钟。”

“哦，上帝，我真得讲快点。爱莉生了个孩子，是个男孩，起名叫欧文。我这姨妈对他非常好。”这时，她的语气发生了变化，“你知道你死的时候我已经怀孕了吗？我们有过孩子，可我没有能保住他，欧文。”

“时间到，”欧文极不情愿地大声叫道，“我不知道。”

“那些没有能来到人世就已经死了的婴儿会怎么样？”埃米莉问。

“我认为他们不必一路来到回归河后再重新开始回去。他们只需漂流回去，聚集起力气，直到他们可以重新开始游泳。我也不是太清楚。”

“这么说，那婴儿就变成了另一个婴儿？别人的婴儿？”

“大概是这样吧。”欧文赞同道。

“啊，我真希望我以前就能知道这一点。事情可能就不会显得那么糟糕。”

“我也希望我当时能帮你一把。”他说。

埃米莉叹了口气。

“我们有过一个孩子，”欧文又说道，“我怎么一直不知道？”

“因为我也是在你死后才知道的。怀孕第二个月就没了，而且我怀孕后的反应也不太明显。”

“可我应该知道的！我一直在观察你！”

“有些事情我们无法看到，有些事情我们不想看到。”她说。

“我还以为你只是为失去我而悲痛欲绝。”他轻声说道。

“当然也有这个因素。”

“我一定会愿意看一看那孩子，”欧文说，“你给他起名字了吗？”

埃米莉点点头。“起了。”

“叫什么名字？”

埃米莉凑近欧文的耳朵，悄声说了个名字。

“我喜欢这个名字，”他柔声说道，“不是太花哨，也不是太普通。我相信他自己也一定会喜欢这个名字的。”

从那天晚上起，埃米莉开始睡在沙发上，让欧文独自睡在床上。他们的作息时间不同，所以很快就发现这样安排更好。此外，只要知道她和他仅仅隔着一道墙，他就感到非常幸福。这让他想起他们童年时在纽约生活的情景，那时他们经常冲着对方敲打摩尔斯电码。

对于欧文来说，和埃米莉一起生活的每一天都像是一个小奇迹。她坐在他的椅子上，她穿着他的T恤衫，她洗着碗，她睡在那里，她无处不在。他无法相信她怎么会无处不在。他想咬她一下，看看她是不是真的。他想趁着他现在还能做到，他要给她拍一些照片。当他本该做其他事情时，他只是坐在那里，默默地盯着她。埃米莉太了不起了。她想看看这里的一切，于是他便带她去了所有那些他在另界最喜欢去的地方。她的问题也真多（他倒是忘记了这一点）。欧文竭尽全力回答着她的问题，可她一直就比他聪明（现在更是如此），所以他无法肯定自己那些回答是否能让她满意。

好吧，有两件事情的确让他感到有点不安。他甚至都不好意思提及这两点。她不爱收拾。她喜欢开始搞一些家庭装修计划，但从来都是虎头蛇尾地不了了之。她喜欢熬夜，即使在尽量保持安静时响声也很大。她从来不清理她在浴缸下水口留下的头发。她问的问题的确太多。他们有时候会无话可谈，因为他们唯一共享的是他们的过去。所以他们的许多谈话都是这样开始的："你还记得那次……"而真正让他最念念不忘的事情却与她毫无关系。

可是欧文尽量对这些视而不见。埃米莉毕竟来到了他的身旁。

某个星期六下午，莉兹来到了欧文家，想拿一下吉恩最喜欢的那只皮球。整整一个星期，吉恩天天在催莉兹过来拿这只球，可莉兹总是找出这样或那样的借口来搪塞她。莉兹最后终于来欧文家时，欧文恰好不在，家里只有埃米莉。莉兹不知道埃米莉是否知道自己是谁。

“我叫莉兹，”她有些不自然地说，“现在是我在照料吉恩。你一定是埃米莉。”

“啊，莉兹，见到你非常高兴。”埃米莉握着她的手说，“谢谢你照料吉恩。我希望我不至于永远对狗过敏，希望她最终还是想回家来住。”

莉兹点点头。“我是来拿吉恩的球的，然后我就走。”

“没问题，我这就给你去拿。”埃米莉拿着球走了出来。她看着莉兹，觉得莉兹让她想起了某个人，但她又不能肯定那个人是谁。“你是怎么认识欧文的？”埃米莉问。

“我……”她停顿了一下，“我帮他收养了吉恩。我在家畜科上班。我们可以说是通过吉恩成为朋友的。”

“这完全说得通，”埃米莉说，“你想不想喝点饮料什么的？我还一直没有见过欧文的任何朋友，所以有点好奇。”

“我真的该走了，”莉兹说，“对不起。”

“那好吧，我们另换个时间好吗？”

莉兹点点头。她飞快上了车，疾驰而去。

“嗨，莉兹，”埃米莉冲着她大声叫道，“你忘记把吉恩的玩具拿去了！”

莉兹回到家后，一头倒在床上，把脸埋在枕头里哭。贝蒂竭力地安慰她。

“别哭了，宝贝。大海里有的是鱼。”贝蒂说。

“难道你没有看出来，我已经长不大了，”莉兹痛苦地说，“我已经没有时间去找别的鱼了。再说，谁喜欢鱼呢？我最讨厌鱼！”

“好吧，我们仍然可以和欧文做朋友，对吗？”

莉兹没有吭声。

“我们应该请他们来我们家吃顿饭。”贝蒂说。

“请谁？”

“当然是欧文和他妻子。”

“为什么？”

“因为这样做很好，因为他是你的好朋友。”

“我觉得这是个馊主意。”莉兹说。

“我们就请他们下星期六来吧，”贝蒂说，“我很想看看她是个什么样的人。”

“我今天见到她了。”莉兹说。

“真的？她长得什么样？”

“她长得非常漂亮，”莉兹无奈地承认道，“而且像个大人。”

莉兹下了床，照了照五斗橱上面的镜子。她心中想，自己是否已经开始变小。

大约一星期后，埃米莉和欧文一起来贝蒂家赴宴。欧文很高兴看到吉恩，而且很骄傲地把埃米莉介绍给大家。大多数时候都是贝蒂和埃米莉在聊天，她们的谈话时不时地被埃米莉的喷嚏所打断，尽管两条狗都已被关进了莉兹的房间。莉兹大多数时候只是默默地坐在那里。欧文不停地想和她建立目光交流，但她有意避开他的目光。由于埃米莉对狗过敏，也由于莉兹心情不佳，这顿晚餐早早就结束了。

欧文和埃米莉走了之后，贝蒂说道："请他们吃过饭后，你是不是好受一些了？"

"没有。"莉兹说。

"她人不错。"贝蒂说。

"我没有说她不好。"莉兹咬牙切齿地说。

在驱车回家的途中，埃米莉问欧文："你喜欢莉兹，是不是？"

欧文没有回答。

"你不必为此感到不好意思，"埃米莉接着说，"如果你喜欢她，那是世界上最自然不过的事。她和你年龄相仿，再说你也不知道我会来这里。"

欧文摇摇头。"我爱你，埃米莉。我永远爱你。"

"我知道你会永远爱我。"埃米莉说。

同一天晚上，莉兹正准备上床睡觉，突然看到床上有一大摊黄色的尿渍。

“这是怎么回事？”莉兹问萨迪。

“别看着我！是吉恩干的。”萨迪说，“我看她是觉得自己被遗弃了。她以为欧文今晚是来接她的。”

“够了！”莉兹嚷道，“我这就开车过去！”她一把抓起贝蒂的车钥匙，“砰”的一声摔门走了出去。

莉兹的心怦怦直跳。她按响了欧文家的门铃。

“你究竟还打不打算来接吉恩？”莉兹大声嚷道，“你是不是打算永远把她留在我那里了？”

“欧文，外面是谁呀？”埃米莉大声问。

“当然是莉兹。”欧文大声回答。

“你好，莉兹。”埃米莉大声说道。

“‘当然是莉兹’？”莉兹已经变得怒不可遏。

欧文随手关上大门，领着莉兹离开了门廊。“你一整晚都没有和我说一句话，然后就来这里冲着我大叫大嚷！”

“欧文，”莉兹说，“我认为你这样对待吉恩不公平。她觉得自己没人要了，所以感到非常不安。”

“哦，得了，我相信她和你住在一起会没事的。吉恩喜欢你。”欧文说。

“吉恩也许喜欢我，可我不是她的主人。她在我床上撒尿。受过训练的狗只有在遇到问题时才会在人的床上撒尿。”

“我对此感到很抱歉。”欧文说。

“那么你打算什么时候过来接她？”莉兹不依不饶地问。

“快了，快了，埃米莉一安顿下来我就来接她。”

“已经两个星期了。你认为她还没有安顿下来吗？”

“你知道埃米莉对狗过敏，”欧文叹了口气道，“我不知道该怎么办。”

“你曾经对吉恩承诺过。你说过你会照料她的。”莉兹说。

“可是我在见到吉恩之前就对埃米莉有过承诺。”

“是吗，那你大声说出来呀！我讨厌埃米莉！”莉兹嚷道。

“我认为你根本就不是为了吉恩而来的！”欧文也嚷了起来。

“告诉你吧，我根本不想和你再有任何联系。如果你没有把你的狗放在我那里，我根本不会来这里！”

“是吗？”欧文说。

“不错。”

然后，由于再也没有任何别的话可说，他们亲吻在了一起。莉兹不敢肯定是欧文亲吻了她，还是她亲吻了欧文。不管怎么样，这绝对不是她想象中他们第一次亲吻的样子。

等到莉兹终于把欧文推开时，她看到埃米莉正盯着她。埃米莉的脸上没有生气的神情，只是有些好奇。

“你好，”埃米莉说，“我听到了嚷嚷声。”她的脸上露出了古怪的微笑，“我还是不打扰你们为好。”她和气地说。

“埃米莉——”欧文说。可是埃米莉已经走了。“都怪你！”欧文冲着莉兹嚷道。

“怪我？是你吻了我。”

“我是说都怪你来这里，怪你出现在我的生活里。是你让我的生活变得更加艰难。”欧文说。

“你是什么意思？”莉兹问。

“我爱埃米莉。我爱她。”欧文说，“也许，如果我先认识你，事情也许会完全不同。可现在的事情就这样。”

欧文一屁股坐到了门廊前的台阶上。他看上去有些垂头丧气。“莉兹，她是我妻子。我没有别的办法。就算我想解决这个问题，我也无能为力。”

“我会继续照料吉恩的。”莉兹临走前说。

潜返条例

有天晚上下班后，阿道司·根特在家畜科停住了脚。莉兹是阿道司最喜欢的手下，他常常给她布置一些活儿，让她一直干到天黑。这天晚上，他看到莉兹、萨迪和吉恩都被关在莉兹的办公室里。整整下了一天的雨，人和狗的心情都特别糟糕。萨迪在和吉恩争喝水的盘子时，咬了吉恩的后腿。虽然咬得不是太厉害，但吉恩的自尊心受到了严重的伤害，她现在不再理萨迪。

“女孩们好。”阿道司快乐地说。幸运的是，阿道司属于那种对大多数人恶劣的心情视而不见的人，因为他自己几乎总是心情愉快。“吉恩，萨迪，我要单独和莉兹谈谈。”两只狗极不情愿地站了起来，吉恩还装出一副可怜兮兮的样子。

“欧文还好吗？”阿道司带着会意的微笑问莉兹。

“我怎么知道？”莉兹说。

“记得莎士比亚是怎么说的吗？‘真正的爱从来就不会一帆

风顺。’”阿道司逗她说。

“我怎么知道？”莉兹重复了一遍。

“如果我记得没错，这句话是《仲夏夜之梦》里的。”

“我们的英语课才刚刚学到《麦克白》，然后我就死了。”

“我说，伊丽莎白，我们这里也有莎士比亚，这你知道。”

“说到莎士比亚，只是有人逼你看时，你才会去看他的作品，”莉兹说，“而在另界，没有人逼你去看莎士比亚或别人的作品。”莉兹叹了口气，“阿道司，你想说什么？”

“我相信，不管你和欧文之间发生了什么样的争吵，很快都会过去的。”阿道司说。

“那可说不准，”莉兹说，“欧文的妻子从人间过来了。”

“哦，这倒是件扫兴的事，”阿道司说。莉兹透露出来的这个消息让他感到了片刻的担忧。不过，他的脸上立刻又露出了他那无时不在的灿烂微笑，“如果你活到过我这把年纪，你就会知道，这世界自有一套解决问题的办法。”

“我听不懂。”莉兹轻声说道。

“我是来提醒你的，下个星期就是你来到另界一周年的日子。”阿道司说，“所以，祝贺你，伊丽莎白！”

“就为了这个？”莉兹问。阿道司总是要兜很大一个圈子才会说正事。她通常总觉得他很有趣，她今天却想大声尖叫。

“嗯，这只是例行公事，不过我需要确保你不想违反‘潜返条例’。”

“我还是听不懂。”

“‘潜返的人’是指一个还没有到轮到他该返回人间的时候就返回人间的少年或青年，”阿道司说，“如果你还记得的话，你有一年的时间来作决定，而你这一年的时间就要过去了。”

莉兹琢磨着阿道司的这番话。她与欧文和埃米莉的这番经历让她感到心力交瘁、悲观失望。爱一个人有什么意义呢？在莉兹看来，努力工作、生活、相爱、聊天已经开始显得像例行公事：费劲。再过十五年（实际上不到十五年），她就会忘记这里的一切。如果把一切综合起来考虑，她觉得自己开始喜欢稍稍加快返回人间的过程。“我仍然可以回人间吗？”她问。

“你不是在说你想回去吧？”阿道司问。

莉兹点点头。

阿道司望着莉兹。“我得说，伊丽莎白，我感到很吃惊。我从来没有想到要把你算作‘潜返的人’。”阿道司的眼睛里噙满了泪水，“我一直以为你的适应过程非常成功。”

“我要办什么手续吗？”莉兹问。

“把你的决定告诉你的朋友和你所爱的人。你可以选择给他们写信或者亲自告诉他们。也许你应该和贝蒂谈谈这件事，伊丽莎白。”

“这是我自己的决定，阿道司，”莉兹说，“等等，你不会告诉她吧？”

阿道司摇摇头，脸上的表情一反常态地显得非常痛苦。“我们今天所谈的一切都不会泄露给任何人。我不能告诉她，尽管我非常想，尽管我也许应该告诉她。”

阿道司开始毫无顾忌地流眼泪。“是不是因为我做了什么？或者没有做什么？”他问，“请尽管直说。”

“不是，我觉得完全是因为我自己。”莉兹尽量安慰他。

他们决定在星期天上午安排莉兹重返人间。这恰好是莉兹来到另界的一周年纪念日，也是她可以用这项条例的最后一天。她将和所有的婴儿一起出发去回归河。莉兹想，夹在那么多婴儿当中一定非常怪，而且莉兹还得被包在长布条里。如果有人看到她，她会觉得非常难堪的。当然，不会有任何人看到她。

莉兹决定只告诉柯蒂斯·杰斯特一个人。如果她告诉其他任何一个人——贝蒂、桑迪或萨迪，他们都会竭力劝说她打消这个念头，而莉兹完全没有心情再去经历任何痛哭流涕的戏剧性场面。她已经不再搭理欧文，所以只剩下了柯蒂斯。虽然柯蒂斯似乎总是对别人的生活很感兴趣，但他生性冷漠，对任何事都无动于衷。他当然会为她的离去感到难过，但他绝不会试图劝阻她，而这正是莉兹希望看到的。

不过，莉兹仍然把告诉柯蒂斯的日子推到了最后一刻，也就是她准备离开的前一天（星期六）晚上。

“看样子是劝不动你了，是吗？”柯蒂斯和莉兹坐在码头上，两个人的腿都悬空荡在码头的一边。

“是劝不动了，”莉兹说，“我已经决定了。”

“不是因为欧文的缘故？”

莉兹叹了口气。“不是，”她沉默了片刻后说，“不完全是。不过，也许我希望自己能拥有他所拥有的东西。”

“我听不明白，小莉齐。”

“我要说的是，欧文以前的妻子埃米莉来了，从人间来了。我以前在人间时一无所有。埃米莉是欧文的初恋，而我也想成为某个人的初恋。你能明白吗？我有时候觉得在这往回走的生活中，我碰到的任何事情都不会有新鲜感了。任何人身上发生的任何事，以前都在别人身上发生过。我觉得我得到的一切都是二手货。”

“莉兹，”柯蒂斯严肃地说，“我认为你应该能发现，即使你现在仍然生活在人间，仍然过着由小到大的生活，发生在你身上的一切也已经在别人身上发生过。”

“是的，”莉兹承认道，“可那不会像在这儿一样，事先就已经命中注定。我在人间不会知道自己什么时候死，不会知道自己用不了十五年就会重新变成一个傻乎乎的婴儿。我在人间会长大成人，会有我自己的生活。”

“你已经有了你自己的生活。”

莉兹耸了耸肩。她觉得没有必要再继续这次谈话。

“莉兹，我必须告诉你，我认为你在犯一个大错误。”

莉兹突然转过脸来对着他。“和你聊天真是找对了人！你瞧瞧你自己，整天坐在这码头上，终日无所事事！你不和任何人交往！不再唱歌！你已经半死不活了！”

“我彻底死了。”柯蒂斯打趣道。

“你只知道开玩笑，只知道打趣混日子！那么你为什么不再唱歌？你为什么不再创作出什么歌曲来，柯蒂斯？”

“因为我已经做过一回歌手。”柯蒂斯坚定地说。

“所以你一点也不怀念？你不是真的希望我相信你，相信你为仅仅当个渔夫而高兴吧。我是说，我都从来没有看到你钓到过一条鱼！”

“我当然钓到过鱼，只是我又把它们扔回去了。”

“这样做既不明智又没有意义！”

“完全不是。我们不仅引导那些鱼返回人间，而且给这码头增添了一道风景。钓鱼是一种非常美好、非常崇高的职业。”柯蒂斯说。

“除非你本该做别的事！”

柯蒂斯久久没有回答。“我上个星期认识一个十七岁的园丁，叫约翰·列农。”

“这跟这一切有什么关系？”莉兹问。她完全没有心情听柯蒂斯胡说八道。

“没什么关系。我只是想说，某个人以前也许干过某一行，但这并不一定意味着他现在仍然必须干这一行。”

“你知道我在想什么吗？”莉兹问，“我认为你是个胆小鬼！”她站起身来，朝远处走去。

“总得有人做胆小鬼才能让你认识一个胆小鬼吧，莉兹，我的好女孩！”柯蒂斯冲着她的背景叫道。

莉兹熬夜给贝蒂写信。

亲爱的贝蒂：

~~这里的每一天都与前一天完全一样，我再也忍受不了了。我觉得自己永远得不到那美好的部分。死亡只是重新开始。~~

~~不是因为欧文。~~

~~等到看到这封信时，你大概知道我已经回人间去了。~~

潜返回人间。

请不要担心。

~~我很抱歉，事情会变成这样。~~

对不起。

请替我照顾好萨迪和吉恩。

爱你的

利兹

莉兹删除了已经划掉的部分，把这封信重新抄写到一张纸上，然后上床睡觉。

同一天晚上，欧文听到墙上传来了轻轻的敲击声。他仔细地听了听，觉得那敲击声似乎有一种熟悉的不变的节奏：是埃米莉在给他敲击摩尔斯电码。

“你是不是要我住到别处去？”她敲击着墙壁。

他没有回答。

“我想住到别处去。”

他没有回答。

“请敲击两下，让我知道你听到了。”

他深吸口气，轻轻敲了两下。

“这不是个解决的办法。”

“我知道。”欧文轻轻敲击着。

“我永远爱你，”她继续敲击着墙壁，“可我们的时间算得不对。”

“我知道。”

“我是个三十五岁的女人，我现在不同了。”她敲击道。

“我知道。”

“你只有十七岁。”她敲击道。

“十六岁。”他敲击道。

“十六岁！”

“对不起。”他轻轻地敲击道。

“这不是你的错，欧文。这就是生活。”她敲击道。

“可我们都已经死了。”他敲击道。

欧文可以听到埃米莉在隔壁的房间里放声大笑。敲击声停止了，接着，她站在了他的房间里。

“你刚离开人间那会儿，我也想随你而去。没有你，我根本不想活下去。”埃米莉说，“你是我的整个生命。我所有的记忆里都有你。”

欧文点点头。

“可我得继续生活下去。我不再等待你。说真的，我不相信我还会再见到你。”埃米莉说。

“你没有再结婚。”欧文说。

“我已经结过婚了。每当想到要再和其他人结婚，我都会把你拿来当作评判其他所有人的标准。”她笑了起来，“可笑的是，在我离开人间之前几个月，我还真的认识了一个人。我没有把那当回事，时机还不成熟，可那不是没有可能。”

“我从来没有看出来！我从来没有看到过你和其他男人在一起！”欧文说。

“嗯，我估计你当时没有非常密切地观察我的一举一动。”埃米莉说。

欧文把目光转向了别处。

“在某种程度上，我一直可以感觉到你在注视我，欧文。我也能注意到你什么时候不再注视我。”埃米莉说。

欧文没有做声。

“我根本不在意你爱上别人。你不必感到内疚。”埃米莉柔声说。

“我起初喜欢她是因为她让我想起了你。”他静静地说。

“或者说是二十年前的我。”

欧文看着埃米莉，这是埃米莉来到另界后他第一次真正看她。她很漂亮，也许比以前的她更漂亮。可她变了，年龄比以前大，比以前更消瘦。她的眼睛也有了变化，但他说不出是什么样的变化。“我已经不再真正了解你了，是吗？”他伤心地说。

她亲吻着他的额头，他想放声大哭。

“有些夫妇能在人间白头偕老，有些夫妇能在这里一起变小，”欧文说，“为什么我们就不能呢？”

“我倒是不太为这个担心，”埃米莉说，“不管怎么说，我很高兴能再见到你。”

“可这好像不公平，对不对？我们本该共同老去，共享天伦之乐。”

“这好像再也不会发生了。至少在这里不会。”埃米莉一针见血地说，“我觉得我们要比大多数人幸运。我们曾经那么快乐地一起生活过，而且还有了第二次机会。有多少人能做到这一点呢？”

“是因为那天晚上门廊上发生的事情吗？”欧文问。

“完全不是，”埃米莉向他肯定地说，“不过既然你提起了那件事，你想知道我从这里看到了什么吗？”她停顿了一下，“我看到两个孩子在相爱。”

欧文闭上了眼睛，当他重新睁开眼睛时，她已经不在了。他感到自己的前臂上有种奇特的疼痛感。他仔细盯着前臂上的文身，看到那文身比他记忆中的任何时候，甚至是刚刺上去那会儿都要清晰。图案中的那颗心几乎像一颗真正的心脏一样在跳动。接着，就在那一刹那，文身图案不见了。除了略微有些泛红外，他的皮肤光洁如初，仿佛那文身从来没有存在过。

在进入梦乡之前，他发誓第二天一早就去见莉兹。

归途

潜返的那天早晨，莉兹凌晨四点钟就醒了过来。潜返的所有过程都必须在日出之前完成，因为只有这时潮水才会退出，露出那条河。她提前了大约十五分钟赶到那里。

几位负责潜返的护士正在给那些要被放进河里的婴儿作准备。给莉兹作准备的护士叫多莉。

“天哪，”多莉看到莉兹时说，“我们很少有像你这么大的女孩。”

“我是潜返回去的。”莉兹回答说。

“是啊，潜返回去的人通常由乔林负责，可她现在度假去了。不管你是不是潜返，你必须脱掉所有衣服，然后让我用布给你裹好。”

“可不可以至少让我留着内裤？”莉兹问。

“对不起，每个人都得穿上出生日衣服回人间，”多莉说，

“我知道你这个年纪的人是会有点尴尬，可这是规矩。大多数婴儿不知道穿不穿衣服有什么区别。再说，裹上布条后，谁也不知道你没有穿任何衣服。”多莉递给莉兹一件纸做的长袍，“在这期间你可以先把这个穿在身上。”

除了这身纸做的长袍外，莉兹身上一丝不挂。她躺在一张桌子上，桌子的下面有轮子，像医院里的轮床。负责安排她潜返的护士开始用白色的亚麻布条把她包裹起来。她首先从莉兹的两只脚开始，然后把莉兹的大腿绑在一起，一路向他的头部裹去。当她裹到莉兹的腹部时，她撕掉了莉兹身上的纸长袍，开始把她的手臂绑在身体两侧。

“干吗要把手臂绑起来？”莉兹问。

“哦，这样一来，你的身体就变成了流线型，可以更好地让潮水把你带向人间，而且也可以保暖。”多莉答道。

多莉没有把莉兹的脸包裹起来，不过莉兹身体的其他部分都被包裹得严严实实。莉兹看上去像个木乃伊。全身被这样包裹起来后，她感觉糟糕透了，简直喘不过气来。

多莉把莉兹滚到了海滩边，然后把她慢慢放到水中。莉兹感觉到冰凉的海水渗透了身上裹着的布条。

“等我到达人间时，我身上这些布条会怎么样？”

“别担心。这些布条到那时基本会全部烂掉，剩下的也会被河水冲走。”多莉说，“当太阳开始从地平线升起时，你就能看到那条河。我会推你一下，潮流会把你一路带到人间。我听说这一路大概要花一个星期，不过你可能在那之前就会失去时间感。”

莉兹点点头。她可以看到天边出现了一道微红的晨曦。就要开始了。

“我能不能问你一个问题？”多莉问莉兹。

莉兹摇摇头，可由于身上紧紧裹着布条，她这一摇头简直就是在摇动她的整个身体。

“究竟是什么让一个人想提前返回人间？”多莉问。

“你什么意思？”莉兹说。

“我是说，这里也是生活，对吗？你为什么这样急着要回人间？”

就在这时，太阳升起。大海一分为二，露出了那条河。

“日出，”多莉说，“该走了。好了，祝你一路顺风！”多莉把莉兹推下了河。

柯蒂斯·杰斯特怎么也睡不着。他躺在自己的木床上，辗转反侧。最后，他干脆坐起来，下了床。

柯蒂斯搭便车穿过整座城市，来到了莉兹家。他知道莉兹和她外婆住在一起。他决定他必须首先把莉兹的决定告诉这个女人，尽管这样做意味着他破坏了莉兹对他的信任。这是他多年来第一次为自己失去摇滚明星的地位而悔恨。（摇滚明星总是拥有速度极快的汽车。）

早晨六点十五分，他按响了贝蒂家的门铃。

“你好，我要找小莉齐的外婆，”柯蒂斯说，他眼睛紧紧盯着贝蒂，“我的天哪，不会就是你吧？”

“是我，我就是伊丽莎白的外婆。你是哪位？”

“我是……”柯蒂斯开口道。在那一刻，他完全忘记了自己叫什么，也忘记了自己来这里的目的。相反，他思索着该把贝蒂眼睛的颜色称作什么。灰蓝色，他最后认定。灰蓝色，像雾霭中的早晨，像石头喷泉中的水，像月亮，也许像星星。贝蒂有着灰蓝色的眼睛。也许可以为这写首好歌……

“是谁？”贝蒂打断了他的胡思乱想。

柯蒂斯清了清嗓子，压低了声音，挺了挺身子，重新说道，“我叫柯蒂斯·辛克莱·杰斯特，以前是机器乐队的。我是伊丽莎白的好朋友，所以才这么早来找你。我必须把一件关于小莉齐的非常紧急的事情告诉你。”

“莉兹怎么啦？”欧文从柯蒂斯身后的车道走了过来，“我现在就要和她谈谈。”

柯蒂斯说：“贝蒂，莉兹遇到了麻烦。我们要用你的车。”

贝蒂深吸了口气。“出什么事了？伊丽莎白怎么啦？”她不再掩饰自己声音中的恐惧，“我必须知道我外孙女出什么事了！”她大声叫道。

柯蒂斯抓起贝蒂的手。“她回人间去了，我们必须拦住她。”

“你是说她要潜返回去？”欧文问。

柯蒂斯点点头。

“可天已经亮了！”贝蒂急了。

三个人抬头看了看黄疸病似的天空，发现它每一秒都在变亮。

“我的车快一些。”欧文说着就顺车道跑了出去。

“上帝帮帮我们。”贝蒂跟在他身后，轻轻地说了一句。

莉兹正越来越快地被拉向人间。她想起了另界，想起了她在那里认识的每个人。她想到了如果他们发现她居然没有说一声就离开了，他们会有什么样的感觉。

她想到了桑迪。

她想到了贝蒂。

她想到了萨迪。

她想到了帕科、吉恩、所有那些狗……

她也想到了欧文。

不过她想到的主要还是她自己。实际上，继续顺河而下只会意味着莉兹的结束。当她想到这里时，她突然怀疑自己是不是犯了一个天大的错误。

接着，她又想到现在纠正这错误是否为时已晚。

如果她愿意重新回到另界，那绝对不会是为了欧文或其他任何人。不管有没有欧文，将近十五年的时间都还是相当漫长。将近十五年其实是一份礼物。在莉兹的生命应该结束的另界，任何事情都会发生。

如果我中断这生命，我将永远不知道我的生命最终会变成什么样。莉兹意识到，一次生命就是篇很好的故事，哪怕是像她现在所经历的这样一次返老还童的古怪的生命。继续留恋自己原先那种由小到大的生活毫无意义。她永远无法找回以前的生活。当她认真思考时，这种返老还童的生活其实就是她原来由小到大的生活。现在还不是她重生的时候，她想知道这故事会如何结束，这种欲望太强了。

此外，莉兹想，这样急不可待又是为了什么?

裹在身上的布条在水中变得像石膏一样硬。莉兹上下摇晃着，想把它撕破。这种活动没有让她解脱出来，却让她的身体转了一百八十度，面对着潮水。一个个婴儿从她身边漂流而过。

浪涛拍打着她没有被布条包裹起来的脸庞。盐水刺痛了她的眼睛，灌进了她的双肺。莉兹感到自己的双腿开始下沉。

她向前倾过脖子，试图用牙齿撕开裹在身上的布条。经过一番挣扎之后，她终于成功地撕开了一个个小洞，一个肩膀可以开始转动。尽管疼痛难熬，她最终还是挣脱出了左边的二头肌，然后是左前臂、左手。她将手伸到了水面上。

她拼命想用这只挣脱出来的手将自己拉到水面上，但为时已晚。她的肺里灌满了太多的水。

她沉了下去。去海底的路非常漫长，周围越来越暗。莉兹重重地撞到了海底。沙子和各种碎片像一团乌云一样将她包围，她旋即昏了过去。

莉兹第二天早晨醒来时，发现自己根本动弹不得，便开始怀疑自己是不是真的死了。不过，她随即意识到，她仍然可以睁开眼睛，她的心脏仍然在跳动，尽管跳动得非常缓慢。莉兹突然想到，自己可能被永远困在了海底，既不能算是死也不能算是生。只是一个幽灵。

“听我说，我很抱歉，不过现在已经来不及了。”柯蒂斯对欧文说，“她已经走了。”

“我不敢相信莉兹会做出这样的事情来，”欧文不停地摇着头，“这根本不是她的做法。”

贝蒂也在摇头。“我也不敢相信。”她叹惜道，“她刚来到这里时的确消沉了一段时间。我还以为她已经挺过去了，可我估计她根本没有。”

“我要驾船去追她。”欧文说。

“她已经走了。负责潜返的护士已经证实了。我们现在已经无能为力。”贝蒂狠狠地瞪了柯蒂斯一眼，柯蒂斯赶紧把眼睛转向别处。

“我这就驾我的小船去追她。”欧文又说了一遍。

“可是……”贝蒂说。

“她有可能会改变主意，如果是这样的话，她就可能需要我们的帮助。”欧文说。

“我跟你一起去。”柯蒂斯和贝蒂同时说道。

整整两天两夜，他们坐着欧文的小船，沿着另界的海岸寻找着莉兹的踪迹，可哪里也见不到她的身影。第二天晚上，欧文让柯蒂斯和贝蒂回家去。“我一个人能行。”他说。

“欧文，再这样寻找下去已经没有意义了。我真不愿意把这说出来，可她真的已经走了，真的走了。她也应该回家去。”贝蒂说。

欧文摇摇头。“不，我还要再找一天。”

贝蒂和柯蒂斯心情沉重地同意回家。

“你觉得我们应该留在那里陪他吗？”回到贝蒂家后，柯蒂斯在厨房里问贝蒂。

贝蒂叹了口气。“我想他只是要让自己心里好受一些，只是想一个人待一会儿。”

柯蒂斯点点头。“我很抱歉，没有在星期六晚上过来找你。我和莉兹后来为这事吵了起来，她要我发誓替她保守秘密。”

“这不是你的错。我早该知道她有些不对劲。我真希望她主动找我聊过。”

就在这时，柯蒂斯突然发现冰箱上的磁铁钉子压着一张纸条，上面写着贝蒂的名字。“你看，贝蒂，她可能给你留了张纸条。”

贝蒂赶紧跑过去，从冰箱上扯下它。“我为什么没有早一点看到呢？”

柯蒂斯将目光转向窗外，让贝蒂独自看信。不到一分钟后，她猛地跌坐在椅子上。“居然没有说为什么！居然什么都没有说！”她眼泪汪汪地说，“你是最后一个和她说话的人。你认为她为什么要这样做？”

“我不能完全肯定，”他过了一会儿说，“我认为她觉得自己在这里无法过正常的生活。她想长大成人。她想坠入爱河。”

“她在这里也可以坠入爱河！”贝蒂反驳道，“我还以为她已经坠入了爱河。”

“我看这就是问题的一部分。”柯蒂斯小心翼翼地说。

“可她完全可以再爱上别人呀！可以是欧文，也可以是完全不同的人。”

“依我看，她觉得这里的情况不大可能培养成永久的爱情。”柯蒂斯说。

贝蒂抱住了柯蒂斯。他轻轻地闻着她的头发，觉得自己闻到了玫瑰和海水的混合气味。

“再说，”柯蒂斯柔声说，“任何地方都不尽人意，可人们仍然在相爱。”

莉兹意识到她将永远无法恢复体力，无法重新游到水面上。她将继续返老还童，继续活着，继续呼吸，但除非有人能发现她。她这次是真的死了。真的死了。

可是，她也并没有死。在这种情况下，她宁愿去死。她想起了欧文曾经告诉她的一件事，有个人在去海井的路上被淹死了。人们整整三十年都没能找到他，当他们最后找到他时，他已经成了一个婴儿，准备回人间去了。

如果没有任何人知道你还活着，如果你没有任何相爱着的人，你大概就算死了，莉兹想。

莉兹眼睛一眨不眨地望着上面，因为在海底没有任何别的事情可以做。

莉兹在水下的第二天晚上，两条美人鱼从她的身边游过，其中一个满头红发，另一个则是金发披肩。她们停下来看着莉兹。

“你是美人鱼吗？”红头发的美人鱼问莉兹。

莉兹说不出话来，因为在她快要被淹死时，她的咽喉本能地关闭了。她眨了两下眼睛。

“我看她不是，”金发美人鱼说，“不会说话的都是蠢东西。”

“而且她的乳房很小。”红头发的美人鱼笑着说。

“我看那是鼻涕虫。”金发美人鱼说。

“哦，别这么说，”红头发的美人鱼说，“我看你已经伤了它的感情。看，它哭了。”

“我才不管它有没有哭呢。挺没意思的，我们走吧。”金发美人鱼说。两条美人鱼高高兴兴地游走了。

美人鱼（这些讨厌而虚荣的野兽）是生活在海底的众多动物之一，就生活在另界和人间之间。

在另界和人间之间的海底

在水下的第三天，莉兹被一种奇怪的声音吵醒了。这声音可能是远处传来的雾号，可能是低沉的钟声，也可能是发动机的响声。她睁开眼睛。远处有她熟悉的银色东西在闪耀。莉兹微微眯起眼睛。那是一条凤尾船！接着，她看到那条凤尾船被刻在一轮银色的月亮上，而那月亮又连在一条银链上。那声音很像滴答声。莉兹的心狂跳不已。那是我的旧怀表，她想。有人把它修好了。要是我能伸出我的胳膊，我就能把它拿回来。

她聚集全身的力气。

她抬起了那只已经挣脱出来的手。

可是，怀表比她想象得要远。

她聚集起更多的力气。

她撕掉了裹在身上的布条，让另一只手挣脱出来。

她开始挥动双臂。

可她如果没有脚仍然无法游泳。

她撕掉了更多的布条，直到她又像她出生时那样一丝不挂。

她一丝不挂。

可她的双臂和双腿自由了。

然后，她开始游泳。

莉兹游呀游，游呀游，眼睛总是不离开那银色的月亮。凤尾船越来越大，怀表的其他部分似乎已经消失。莉兹终于来到了水面，大口大口地喘着气，大口大口为生命喘气。

当她的眼睛终于适应了光线后，那条凤尾船却再也不见了踪影。她只看到一条熟悉的白色拖船。

“莉兹！”欧文大声叫道，“你还好吗？”

莉兹无法说话。她的肺里仍然装满了水，而且她快冻僵了。欧文注意到她嘴唇发青。

他把她拉到船上，用毯子将她裹住。

莉兹咳了很久，想把肺里的水吐出来。

“你没事吧？”欧文问。

“好像我所有的衣服都丢了。”莉兹嘶哑着嗓子说，声音刺耳，而且嗓子疼痛。

“我注意到了。”

“我差一点死了，”莉兹说，“再死一次。”她补充说。

“对不起。”

“你真把我气坏了。”莉兹说。

“我也要为那说声对不起。我希望你有一天能原谅我。”

“那要看情况而定。”她说。

“现在送你回家好吗？”

莉兹点点头。

她精疲力竭地躺在甲板上。太阳暖洋洋地照在她的脸上。她觉得能待在一条回家去的船上真是件好事。她立刻感觉好多了。

“也许我也该学学怎么开船。”船快到家时，莉兹说。

“要是你想学，我可以教你，”欧文说，“开船其实和开车很相似。”

“是谁教你开船的？”莉兹问。

“我爷爷。他在这里和在人间都是船长，现在刚刚退休。”

“你从来没有对我说过你还有个爷爷。”

“嗯，他现在大概只有六岁——”欧文说。

“等一下，他就是尼罗河号的船长，对吗？”

“对，他正是那条船的船长。”欧文回答说。

“我当初就是坐那条船来的！我到这里的第一天就见到了他！”莉兹说。

“这世界真小。”欧文说。

康复

莉兹在一家治疗中心疗养了两个星期。虽然几天后她就感觉好多了，她仍然喜欢这段疗养的时光。有自己的朋友和所爱的人照顾自己真是件好事（尤其是当一个人知道自己一定会康复时）。

其中一个来看她的就是阿道司·根特。“我亲爱的，看样子你并没有能回到人间。”他说。

莉兹点点头。“看样子是吧。”

“这下子该有许多公文要处理了。”阿道司叹惜道，然后又露出了笑脸。

“我很抱歉。”莉兹也笑了。

“我倒是不抱歉。”阿道司拥抱着莉兹，猛地擤了擤鼻子。

“阿道司，你哭了！”

“准是我的过敏在作怪。我发现，只要遇到幸福的重逢，我的过敏一定不会放过我。”阿道司又擤了一下鼻子。

“我终于看完了《仲夏夜之梦》。”莉兹说。

“我还以为一个人只会在老师的逼迫之下才会看莎士比亚的作品呢。”

“我最近有一些空闲时间。”

阿道司笑了。“你的看法呢？”

“它让我想到了这里。”莉兹回答说。

“在哪方面？”阿道司立刻追问道。

“你怎么像个中学老师一样追问个不休？”莉兹责备他说。

“非常感谢。我以前就是个中学老师。你想说什么，伊丽莎白？”

莉兹想了想。“嗯，一边是仙境，一边是真实的世界。这两个世界在莎士比亚的笔下已经没有了任何区别。剧中的仙女们就像真实生活中的人一样，也有着各种各样的问题和各种各样的情感。人和仙女们其实就生活在一起。他们既生活在一起，又不生活在同一个世界里。仙境可能是个梦境，但真实的世界也可以是个梦境。我喜欢这样。”莉兹耸了耸肩，“我一直不是太理解这些英国人写的东西。我学得最好的课程是生物和代数。”

“非常好的课程。”

“我正在看《哈姆雷特》，”莉兹说，“不过我现在就可以告诉你，我可不像喜欢《仲夏夜之梦》那样喜欢《哈姆雷特》。”

“是吗？”

“哈姆雷特整天沉浸在死亡里，就像死亡能解决所有问题一样。”莉兹摇摇头，“要是他能知道我们所知道的这一切就好了。”

“要是他能知道就好了！”阿道司赞同道。

一天，柯蒂斯·杰斯特来看莉兹。

“小莉齐，”柯蒂斯说，莉兹还从来没有听他用这样严肃的语气说过话，“我必须问你一个问题。”

“可以，什么问题？”

“是关于贝蒂的。”柯蒂斯悄声说。

“她怎么啦？”莉兹问。

“有没有任何男人来找她？”柯蒂斯的声音更低了。

“没有，我想没有。我们为什么要这样悄声说话？”莉兹问。

“有没有一个贝蒂外公？”柯蒂斯继续悄声说着话。

“没有。我外公杰克已经和别人结了婚，住在加利福尼亚州蒙特雷市附近的一条船上。”

柯蒂斯深吸了口气。“这么说我可能还有机会？”

“柯蒂斯，什么机会？”

“和贝蒂在一起的机会。”

“和贝蒂在一起的机会！”莉兹大声重复了一遍。

“莉兹，别这么大声。看在上帝份上，这应该是我们之间的秘密。”柯蒂斯迅速环视了一下整个房间，“我觉得你外婆是世界上最可爱的女人。”

“柯蒂斯，你是说你喜欢贝蒂？”莉兹悄声说。

“我被她迷住了。是的，是的，你可以这么说。”

“你不觉得贝蒂年龄比你大吗？”莉兹问，“告诉你吧，她死的时候是五十岁，现在大概三十三岁。”

“正是！她那么聪明！那么有爱心！至少在目前，我也已经二十九岁了。你觉得她会认为我太不成熟吗？”

“不会的，贝蒂不是那种人。”莉兹笑了，“告诉我，她自己知道吗？”

“还不知道，不过我想我也许可以给她写首歌。”

“柯蒂斯，我觉得这主意好极了。”莉兹又笑了起来，“如果你不知道该说什么的话，就称赞她的花园。”

“对呀，她的花园！我会的。谢谢你给我这点子，小莉齐。”

医生们终于允许莉兹回贝蒂家了。她回来后总是懒洋洋地待在贝蒂的花园里消磨时光，慢慢康复。莉兹躺在吊床上，贝蒂则打理着花园。

贝蒂会下意识地时不时停下手中的活儿，看看莉兹是否还在吊床上。

“我哪里也不去。”莉兹向她保证道。

贝蒂猛地吸进一口气。“只是我当时以为我永远失去你了。”

“哦，贝蒂，你不知道吗？根本就没有什么永远之类的事。”莉兹在吊床上晃动着，贝蒂则继续打理着她的花园。五分钟后，柯蒂斯·杰斯特的来访再次打断了她们。

柯蒂斯穿了套白色礼服，戴着一副深色圆墨镜，显得怪怪的。

“你好，小莉齐，”他显得有些不自在，“你好，贝蒂。”他柔声说道。

“你好，柯蒂斯。”莉兹模仿着他的语气。

柯蒂斯朝莉兹使了个眼色，莉兹在吊床上翻了个身，假装要睡觉。萨迪也在莉兹的身后蜷缩起了身子。莉兹回来之后，萨迪几乎一直是寸步不离地挨着她。

“天哪，贝蒂，”柯蒂斯摘下墨镜后说，“你这花园真漂亮！”

“谢谢你，杰斯特先生。”贝蒂说。

“我在这里待一会儿你不介意吧？”柯蒂斯问。

“莉兹睡着了，我正准备进屋。”

“你真的要进屋去？”

“是的。”

“那就换个日子吧，”柯蒂斯结结巴巴地说，“再见，贝蒂。代我向小莉齐问好。”

贝蒂点点头。“再见。”

“哦，贝蒂，”柯蒂斯刚刚走远，莉兹就开了口，“你对柯蒂斯太冷淡了。”

“不是他刚来你就睡着了吗？”

“我想他是来看你的。”莉兹承认道。

“看我？为什么要来看我？”

“我看，他是来……”莉兹停顿了一下，“是来求婚的。”

“求婚！”贝蒂放声大笑，“天哪，我还从来没有听说过如此荒唐的事！柯蒂斯·杰斯特是个孩子，我都可以做他的……”

“女朋友，”莉兹打断了她的话，“从生物学的角度来说，你们实际上只相差四岁。”

“宝贝，我已经不再追求什么浪漫的事了，而且已经有一段时间没有了。”

“贝蒂，说你已经不再有浪漫的事就像在说你不再活着。生活中多一点浪漫会美好得多。”

“经历过这么多事情后，你还这么说？”贝蒂扬起了眉头。

莉兹笑了笑，不去搭理贝蒂的问题。“贝蒂，给柯蒂斯一个机会吧。”

“我不相信拒绝他就会伤了他的心。我相信他明天就会改变主意的。”贝蒂怀疑地说。

一星期后，贝蒂和莉兹半夜被吉他声吵醒了。

“这是献给你的，贝蒂。”柯蒂斯从下面的花园里高声叫道。

这是他将近两年来第一次歌唱，而且是首新歌，是莉兹从未听过的歌。这首歌曲后来被大家称作《贝蒂之歌》。

这绝对不是柯蒂斯·杰斯特最佳的表演，也不是他写出的最棒的歌曲。歌词（坦率地说）稀松平常，主要是关于爱情的感召力。实际上，大多数爱情歌曲都是这样。

欧文在莉兹康复期间对她忠心耿耿，每天都来看她。

“莉兹，”欧文问，“你在海底的时候，是什么给了你力量，让你又重新回来？”

“我当时看到了我的表漂浮在海面上，可结果那是你的船。”

“什么表？”欧文问。

“我在人间时有块表。不过那需要修理。”

欧文摇摇头。“一块坏了的表把你重新带了回来？”

莉兹耸了耸肩。“我知道别人也许会觉得一块表微不足道。”

“你可以在另界买块新表。”

“也许吧。”莉兹又耸了耸肩。

第二天，欧文送给了莉兹一块金表。她原来的表是银的，不过莉兹没有告诉他。新的表也不是怀表，而是一块女式手表，表带用一个个金色的圆环制成。莉兹通常不会给自己买这样的东西，不过她也没有告诉欧文。

“谢谢你。”欧文把表带扣紧在她细细的手腕上时，莉兹说道。

“这和你的头发很相配。”欧文说，很是为这小小的金表感到骄傲。

“非常感谢。”莉兹又说了一遍。

同一天下午，吉恩过来看莉兹。（在埃米莉去接受书籍记录员培训后，吉恩又回到了欧文家。）

“你喜欢那块表吗？”吉恩问，“是我帮欧文选的。”

“真的很漂亮。”莉兹边说边用手挠着吉恩的耳朵背后。

“他拿不定主意是买块银表还是买块金表，可我要他买金表。金色是那么诱人，你不觉得吗？”吉恩问。

“是最好的颜色，”莉兹赞同道，“我说，吉恩，狗不是色盲吗？”

“不是。谁说我们是色盲？”

“人间都说狗是色盲。”

“人间的人要是这样说就太可笑了，”吉恩说着摇了摇头，“如果他们连问都没有问我们一声，又怎么知道我们是色盲呢？我是说，他们根本不懂犬语。”

“有道理。”莉兹说。

“在人间的时候，我有一次看到电视报道说狗没有感情，你能相信吗？”吉恩歪着脑袋问，“我说，莉兹，我要谢谢你让我一直和你待在一起。”

“这没什么。”

“我也为上次……”吉恩的声音低了下去，“……在你床上撒尿向你道歉。”

“我都已经忘了。”莉兹安慰吉恩。

“太好了！要是你生我的气，我就实在是受不了了。”

莉兹摇摇头。“我没有生你的气。”

“欧文现在好多了，”吉恩说，“他在学着说犬语，还在学着做各种各样的事。”

“你不生他的气吧？一点都不？”莉兹问。

“也许最初有一点，不过现在没有了。我知道他是个好人，而且他说过他很抱歉。再说我也爱他。如果你爱一个人，你有时就得原谅他。我是这样想的。”

莉兹点点头。“这样想太好了。”

“请你挠一挠我的肚子好吗？”吉恩高兴地四脚朝天躺到地上。

当天晚上，莉兹久久地看着那块金表。莉兹心中想，也许这不是原来那块表，或者说一点都不像，可他用心良苦。莉兹晃了晃手腕，表链上的圆环发出了铃铛般悦耳的叮当声。她抬起手，把表贴到耳朵旁，尽情地聆听着秒针发出的滴答声。仅仅听了五下，莉兹便决定忘记这块表不如愿的地方。她轻轻地亲吻着表面，心中想：这份礼物太珍贵了。

莉兹没过多久就原谅了欧文。不错，他身上有缺点，可他是一流的驾驶教练。莉兹决定，如果要原谅一个人，那最好是趁早。莉兹从自己的经历中知道，即便晚也会比你想象的早。

第三部
古远之境

时光流逝

世界上还有别的生活。

你会遇到紧张得手心出汗的男孩，你们会在汽车后座紧张甜蜜地爱抚，你会穿上品蓝或深红色的学士袍，母亲会在你光洁的脖子上戴上美丽的珍珠项链，有人会在大礼堂上高声念出你的名字，崭新的行李箱会带着你去新的地方遇见新的人。

你会有尚未偿还的账单，会有短暂的激情，会去布拉格，去巴黎，去穿那种不合脚的尖头鞋，去举棋不定，去纠正错误。

父亲会陪着你穿过教堂过道。

香甜可爱的婴儿会来到人间。

你会老到认不得身边的人，也认不得镜子中自己的脸，你会去参加知心朋友的葬礼，你的身体日渐佝偻，牙齿一颗颗掉光，下巴上长出绒毛，你会忘记一切。一切。

噢，这世界上有那么多种生活。我们多么希望自己能够同时体验多种生活，而不是一个一个地去经历。我们多么希望自己能够挑选每一种生活中最好的部分，把它们像珍珠一样串起来。可生活不是这样安排的。人的生命因凌乱而美丽。

在莉兹即将变成十三岁时，她凑近贝蒂的耳朵悄声说：“幸福，就是一种选择。”

“那么，你的选择呢？”贝蒂问。

莉兹闭上眼睛，立刻作出了选择。

五年过去了。

人在幸福之中时，时间过得飞快。莉兹觉得就像自己某天晚上睡觉时十五岁，第二天早晨醒来时突然变成了九岁。

两个婚礼

“人间有个人想和你联系。”欧文有天傍晚下班后说。他现在已经是“超灵犯罪和接触部”的负责人，所以通常总是另界最早知道这类事情的几个人之一。

“什么？”莉兹几乎连头都没有抬一下。她最近喜欢重读她在人间刚学会看书时最喜欢看的那些书籍。

“你在看什么？”欧文问。

“《夏洛特的网》，”莉兹说，“看得很难过，书中一个主角刚刚死去。”

“你应该从后往前看这本书，”欧文和她打趣道，“这样的话，书中就没有一个角色会死了，而且结局总是幸福的。”

“我还从来没有听过这样愚蠢的话。”莉兹翻了翻眼睛，接着看书。

“你不想知道是谁想和你联系吗？”欧文问。他从大衣口袋里掏出来一只重新封好的绿色酒瓶，瓶子上原来贴着标签的地方现在只有黏乎乎的胶水残留物。酒瓶里有一个卷起来的淡褐色信封。（这信封与其说是卷起来的还不如说是折起来的，因为信封的纸太厚。）“这是今天被海水冲上码头的。”欧文说着把酒瓶递给莉兹，“‘人间物品部’的那些人必须把它打开，看看收信人是谁，不过信封里的内容没有被人看过。每当我们收到一份MIB，我们总是会尽量保护人们的隐私。”

“MIB是什么？”莉兹放下了手中的书，开始仔细看着那酒瓶。

“瓶中信，”欧文回答说，“这是人间和另界之间信件来往的为数不多的途径之一。谁也说不清楚这是怎么回事，可这的确能成功。”

“我以前怎么从来没有收到过呢？”莉兹说。

“现在已经不像以前那样常见了。”

“为什么？”莉兹问。

“人间的人已经不再像以前那样频繁写信。他们大概根本没有想过还有瓶中信这条途径，而且这也不一定完全能成功。”

莉兹打开瓶塞，取出瓶子里那厚厚的信封。考虑到这封信曾经在水面上一路长途跋涉，它算是保存得非常好了。信封的正面是地址，字迹优雅，用的是蓝黑墨水：

伊丽莎白·“莉兹”·“小莉齐”·玛丽·霍尔小姐及同伴

天堂或者	Heaven or
未来之城或者	The Undiscovered Country or
虚幻境界或者	The Shadowlands or
沉睡乡或者	The Big Sleep or
未知世界或者	The Great Unknown or
遥远的边境或者	The Great Beyond or
极乐世界或者	Elysian Fields or
瓦尔哈拉殿堂或者	Valhalla or
幸运岛或者	Fortunate Isles or
幸福岛或者	Isle of the Blessed or
欢乐与光明王国或者	The Kingdom of Joy and Light or
天国或者	Paradise or
伊甸园或者	Eden or
苍天或者	The Firmament or
天空或者	The Sky or

不管你在哪里，也不管你那里叫什么

“所有能想到的都写了，”欧文说，“可就是不知道写‘另界’。”

“人间没有人把这里称作‘另界’。”莉兹提醒他说。她把信封翻过来，看到同样优美的字体写着回信地址：

马萨诸塞州梅德福德市

里德街192号，02109

“这是佐伊家的地址。”莉兹边说边打开信封，看到里面有一张黄褐色的折了三折的婚礼请柬，里面还夹了一张很长的手写便条。莉兹悄悄把便条塞进了自己的口袋。

“兹邀请您参加佐伊·安妮·布兰顿和保罗·斯科特·斯宾塞的婚礼。”莉兹大声念道，“我最好的朋友要结婚了？”

“你是指在你认识我之前你最好的朋友，对吗？”欧文逗她说。

莉兹没有理睬他的打趣。“婚礼将在六月的第一个星期举行，离现在不到两个星期。”莉兹把请柬扔到一旁，“她倒是真的花了大量时间来邀请我。”莉兹气鼓鼓地说。

“也许你应该原谅她。你知道吗，寄东西到这里来是很困难的。她也许几个月前就寄出了。”欧文拿起了请柬，“这张纸的质量非常好。”

“她这么早就结婚是不是太年轻了？”莉兹问，“她和我同年，”莉兹纠正自己道，“我是说，她曾经和我同年。她其实要比我大一个月，所以我估计她现在应该快二十二岁了。”

欧文拿起笔，开始写回信：“女士要不要另带客人？”

“不。”莉兹说。

“那么我呢？”欧文问，眼睛睁得大大的，装出一副受到伤害的神情。

“对不起，让你失望了，”莉兹说着从他手中拿过了回执，“不过我估计安排行程会有一些麻烦。”她小心地将回执和请柬一些装进了信封。

“我们可以去了望台看他们。”欧文建议道。

“我不想看。”莉兹说。

“那我们可以去潜水，”欧文说，“你可以从海井向她祝贺。”

“我真不敢相信你居然会提出这样的建议，”莉兹摇了摇头，“亏你还是干这一行的。”

“哦，得了，莉兹！你的冒险精神到哪里去了？这将是我们最后一次冒险，以后我们就会变得太年轻，想再冒险都不可能！你看怎么样？”

莉兹想了一会儿后回答说：“我死的时候佐伊没有去参加我的葬礼，所以我看我也不必去参加她的婚礼。”

那天晚上，莉兹躺在床上打开了佐伊写给她的信。她注意到，佐伊的字迹没有任何变化，还是和她们十五岁在学校里交换纸条时一样。

亲爱的莉兹：

隔了这么久才给你写信，我准是疯了，可你大概也知道，我就要结婚了！我非常思念你。我总是在想你在哪里，在做些什么。你大概也想知道我的情况，我这就告诉你。我现在住在芝加哥，刚刚在这里的法学院读一年级。

如果你有时间、有意愿，而且碰巧也在波士顿的话（我们想在芝加哥举行婚礼，可妈妈说服了我们），你应该来参加我们的婚礼。新郎叫保罗，他身上的气味非常好，他的手臂也非常漂亮。

我知道你可能永远收不到这封信（这就像给圣诞老人写信一样有点怪，而你知道我是犹太人，不信圣诞老人），可这还是非常值得的。我已经找过一个灵魂师，也找过布奈布里特教区的辛格拉比，我父母回布鲁克林时仍然去那里做礼拜。顺便说一声，我父母向你问好。把请柬放在瓶子里是保罗的点子。我觉得他是从什么电影中得到这个灵感的。

爱你的

你在人间最好的朋友（希望是）

佐伊

又及：我为没有参加你的葬礼向你道歉。

“我想去向他们祝酒。”莉兹第二天早晨对欧文说。

“当然可以，”欧文端着咖啡坐了下来，“我洗耳恭听。”

“现在还不行，”莉兹说，“我是说去佐伊的婚礼上向他们祝酒。你说去海井，我现在觉得这倒不是个坏主意。”

“你是说你想去潜水？”欧文两眼发光。

“是的，我需要你帮我向他们祝酒。我记得我上一次从海井和人间联系是一场小小的灾难。”

“我记得你就是在那天晚上认识我的。”

“就像我刚才说的，是场小小的灾难。”莉兹打趣道。

“这可不是闹着玩的。”欧文摇摇头。

莉兹继续说着：“家里所有的水龙头都开了，而且……”

“新手会犯的错。”欧文打断了她。

“……而且谁都听不懂我说什么。”莉兹终于说完了。

“然后你就被捕了。”欧文补充说。

“是啊，”莉兹极不情愿地承认道，“那么我该怎样才能让参加婚礼的人明白我，而不是尖叫着从房间里逃走？”

“首先，你必须记得不能尖叫。一旦他们注意到你，小声说话的效果会更好。高声尖叫的鬼魂只会把人吓跑。”欧文说。

“好建议。”

“然后，你得选一个流动的水源，把注意力集中在上面。你必须控制好呼吸。”欧文说，“我当然可以陪你一起去，可你必须真心希望我去。”

“要是他们发现你在帮我和人间接触，会不会把你开除？”

欧文耸耸肩。“我现在已经是整个部门的负责人，他们自然会网开一面。”

莉兹笑了。“那就这么说定了。”她端起杯中的橙汁，“祝我们潜水成功！”她大声说。

“祝我们潜水成功！”欧文也端起了自己那杯咖啡，“我特别爱冒险，你呢？”

佐伊举行婚宴的那天晚上，欧文和莉兹八点钟在海滩碰头。婚宴晚上八点开始，根据欧文的计算，他们的潜水过程需要四十分钟。

“我们潜到那里后，你只有半个多小时的时间，”欧文提醒她道，“我已经告诉了我的手下，让他们九点半来接我们。”

“你觉得这么长时间够了吗？”莉兹有些担心。

“在下面待得太久并不是件好事，这毕竟是违法的事。”

莉兹点点头。

“我不想显得没有礼貌，不过你潜水服的屁屁那儿有点松，莉兹。”欧文说。

“是吗？”她扯了一下屁股周围那松紧式的布料，“这套潜水服已经旧了，我差不多已经六年没有用过它了。”

“你这样子就像裹了块尿布。”

“是啊，我看我的身子也在缩小。别忘了，我现在只有九岁。”莉兹说。

“是够小的。”

“我实际上应该是九岁半，或者说本来应该是二十一岁，所以这与恰好是九岁不同。”莉兹说，“再说了，欧文，你现在是十一岁，比九岁的我大不了多少。”

“我十一岁？”欧文问，“我当然不觉得自己只有十一岁。”

“不过你许多时候表现得像个十一岁的孩子。”莉兹逗他说。

“要是我还活在人间的话，我现在应该是四十一岁了。”欧文说。

“那倒真是大龄了！”莉兹摇摇头，“想想看！如果你四十一岁，我二十一岁，而且我们都还生活在人间，我们可能永远不会认识。”

潜水一路顺利。欧文以前下潜过很多次，所以是个一流的向导。

他们到达海井时，只能找到一个可以看到婚宴的流动水源——院子里一个巨大的喷泉。从这里他们只能透过舞厅四周巨大的玻璃墙看着佐伊的婚宴。

“我们离得太远，”莉兹抱怨说，“如果我只是想看的话，我们只需去了望台就行了。”

“别着急。我们会找到一个更好的地方，让你向他们祝酒。”欧文安慰她说。

隔着院子，再隔着窗户，莉兹看到那婚宴就像她曾经看到过的其他婚宴一样：无数的黄玫瑰，伴娘粉红色的礼裙，一位慵懒的婚宴歌手，佐伊身穿白色礼服，新郎则是一身灰色燕尾服。莉兹从人群中看到了佐伊的父母，在他们身后站着的是莉兹自己的父母。

“你看，欧文，那是我爸爸妈妈。我爸爸看上去老多了，我妈妈也换了发型，”莉兹说，“你好，妈妈！你好，爸爸！”莉兹冲着他们挥手。“啊，那是我弟弟！你好，阿尔维！”

“哪一个是佐伊？”欧文问。

“喏，”莉兹说，“当然就是那个穿白衣服的。”

“哦，对！”

莉兹白了他一眼。“欧文，你年纪越来越小，人也显然变得越来越蠢。”莉兹望着佐伊。佐伊二十一岁，成了一个成熟的女人。莉兹想，我九岁，她二十一岁，真是怪。

“我们真的应该找个地方让你向他们祝酒，”欧文说，“我们只剩下大约二十五分钟了。”

他们先试了一下卫生间的下水道。

“恭喜你，佐伊！我是伊丽莎白·玛丽·霍尔！”莉兹大声叫道。但卫生间离得太远，谁也没有听到。

“也许我得等她进卫生间的时候？”莉兹对欧文说，“至少我那时可以和她说话。”

“时间不够了。而且新娘们总是抱怨自己没有时间吃东西，没有时间进卫生间。我们还是试一下厨房吧。”欧文建议道。

厨房虽然离宴会近一些，但里面那些员工、盘子、定时器和其他厨房里的声音使这里吵闹得令人难以置信。

“我爱你，佐伊！恭喜你和保罗！”莉兹再次大声叫道，这次声音是从厨房下水道传出的。

一个厨师帮手吓得尖叫起来，掉落了手中的托盘，脏兮兮的色拉盘撒了一地。

“对不起，”莉兹抱歉地说，“这有些荒唐，”莉兹对欧文说，“我只吓坏了厨房里的一个帮手。我们必须找一个更近一点的地方。”

莉兹孤注一掷，准备试试俄国式茶具，可是欧文立刻打消了她的念头，因为他对这些事情更了解，知道水源必须连在真正的下水管上。尽管欧文提醒了她，莉兹还是试着朝咖啡壶说话，但是不管用。（她很高兴咖啡壶没有成功——她会觉得从咖啡壶向人祝贺是件非常愚蠢的事。）

“我们还是回喷泉那里吧，”莉兹丧气地说，“如果我们一起喊，她也许会听到的。”

“恭喜！恭喜！恭喜！”欧文和莉兹一起从喷泉尖叫着。

他们持续不断地喊叫了五分钟，可喷泉的响声太大，又隔着墙壁，谁也没有听到他们。莉兹叹了口气：“至少我看到了佐伊穿着结婚礼服。不过我们完全可以从了望台看到的。”

“从了望台看不像从这里看这样有意思。”欧文指出。

“我们是不是该往回游了？”莉兹问。

“不，我们还可以再等一会儿，”欧文说，“反正小船还要过十分钟才到这里。”

他们就这样在那里等着。莉兹望着舞厅里佐伊的婚宴场面。她从喷泉这个位置可以看到她的父母在跳舞。

“你母亲很像你。”欧文说。

“我妈妈的头发颜色要深一些。其实阿尔维更像她……”莉兹不说了。她从眼角看到阿尔维穿过侧门出了婚宴大厅，正朝喷泉走来。

“莉兹？”欧文问。

“我想我弟弟正朝这边走来。”莉兹说。

阿尔维径直走到喷泉旁，望着泉水。莉兹屏住了呼吸。

“小莉齐。”阿尔维悄声对喷泉说。

“记住，”欧文说，“不要大声喊叫。”

“是我。”莉兹小声说。

“我觉得我听到了你的声音，”阿尔维说，“我起初以为是从卫生间传出的，然后又以为是从厨房传出的，最后发现是这里。”

莉兹的眼睛有些湿润。多好的阿尔维啊！“阿尔维，我很高兴和你说话。”

“我去叫佐伊！你是来这里祝贺她的，对吗？我还要去叫爸爸妈妈。”阿尔维说，“他们一定想和你说话。”

欧文摇摇头。“我的手下五分钟后就会到这里。”

“来不及了，阿尔维，”莉兹说，“告诉佐伊和爸爸妈妈，就说我爱他们。当然，不要吓着他们。”

“我这就跑回去叫他们。”

“不！”莉兹说，“也许等你回来时，我就不在这里了。我们还是说会儿话吧，就你和我。我马上就要走了。”

“好吧。”阿尔维同意道。

“八年级的课程怎么样？”她问。

“我跳过了五年级，所以现在已经上九年级了。”

“阿尔维，太棒了！你一直很聪明。那么九年级的课程怎么样？”

“棒极了，”阿尔维说，“我今年参加了辩论小组，结果发现辩论要比我去年参加的乐队有意思多了。天哪，小莉齐，你不是真的想知道这些吧？”

“我真的想知道，真的。”

阿尔维摇摇头。“我常常想念你，你知道吗？”

“我也想念你。”

“你在那里还好吗？”

“两者不一样。”

“怎么不一样？”

“嗯——”她停顿了一下，“这很难解释，不像你想象的那样，不过我在这里很好，真的很好，阿尔维。”

“你快乐吗？”阿尔维问。

自从莉兹来到另界后，这是她第二次停下来考虑这个问题。“我快乐，”她说，“我有许多朋友。我有一条狗，叫萨迪。我见到了贝蒂外婆，也就是已经死了的那个外婆。你会非常喜欢她的。她很幽默，非常像你。我一直很想念你们。哦，天哪，我有那么多话要告诉你。”

“我知道！我也有许多话要告诉你，还有许多问题要问你，可我一时想不起来。”

“上次毛衣的事我很抱歉。”

“你不会还把这件事情放在心上吧？”阿尔维耸耸肩，“别再提它了，后来都解决了。”

“我很抱歉给你带来了麻烦。”

“求你别说了。你死了以后，妈妈和爸爸伤心透了，什么事都会惹他们发火。我知道那件毛衣的确让爸爸心里好受多了。”

“我很抱歉让你受苦，因为我而受苦。”

“小莉齐，唯一让我受苦是我想念我的姐姐。”

“你的心肠太好了。你知道吗？你一直是世界上最好的孩子。如果我以前也有烦你的时候，那是因为你比我小那么多，而且我习惯了自己是家里唯一的孩子。”

“我知道，小莉齐。我也爱你。”

欧文听到了网罩朝他们投过来的响声，便轻声对莉兹说：“他们快到这里了。”

“谁和你在一起？”阿尔维问。

“是欧文。他是我的……”她停顿了一下，“男朋友。”

阿尔维点点头。“太好了。”

“很高兴见到你，阿尔维。”欧文说。

“我们以前见过，对不对？你的声音很熟悉。是你告诉我毛衣在哪个衣橱里的吧？”阿尔维问。

“不错，”欧文说，“是我。”

“顺便问一声，阿尔维，”莉兹说，“今晚你是怎么听到我的声音的？”

“我总是听水的响声，从小时候起就一直在听，”阿尔维说，“我一直都希望会是你。”

就在这时，莉兹感觉到了一张熟悉的网正在把她和欧文从海井拉走。

莉兹叹了口气。这么说，这个婚礼并不完全像她想象的那样。可话又说回来了，生活中的什么东西与想象的一样呢？

“你弟弟非常可爱。”欧文在回水面的途中说。

“是的，”莉兹赞同道，“综合起来考虑的话，这场婚礼不错，你觉得呢？”

“是不错。”欧文赞同道。

“佐伊很漂亮。”莉兹补充道。

欧文耸了耸肩。“我一直没有找到机会好好看看她。不过，所有新娘看上去都一样。”

莉兹伸出手指抓住网罩。“我有时候希望我也能穿上白色礼服。”

“你有一件白色礼服，莉兹，”欧文说，“不过那更像睡袍。”

“你明白我在说什么。我说的是婚纱。”

网罩正在接近水面。就在他们将要进入到夜晚凉爽的空气中时，欧文转身对着莉兹说：“如果你愿意，我要和你结婚。”

“我现在太小了。”她回答。

“我以前就想和你结婚，可你不想。”他说。

“我那时太年轻，而且我们还不够了解对方。”

“哦。”欧文说。

“再说，”莉兹说，“好像结婚也没有什么意义。你以前结过婚，我们早已知道自己是什么人。”

“哦，”欧文说，“可我一直想和你结婚。”

“我知道你会的，”莉兹说，“知道你想和我结婚，我就已经心满意足了。”就在这时，网罩被吊离了水面，他们被放到拖船的甲板上。

“嗨，头儿，”局里的一个侦探问欧文，“你想开船回去吗？”

欧文望着莉兹。“你想开就开吧，没关系，”莉兹说，“反正我困了。”莉兹打了个哈欠。她心中想，这一天过得真是太好了。她走到一堆雨衣旁，躺在了上面。

欧文望着莉兹把一件雨衣当毯子盖在自己身上。就在那一刻，他真想告诉莉兹，他要和她结婚，也许是明天，也许是下个周末，也许是不久的将来。“莉兹！”他喊了一声，可拖船的声音太响，莉兹没有听到，而这个话题从此再也没有被提及过。

随后的星期一，柯蒂斯·杰斯特去家畜科找了莉兹。柯蒂斯来她上班的地方找她倒是件新鲜事，不过莉兹什么也没有说。

“婚礼怎么样？”柯蒂斯问。

“很平常，”莉兹说，“不过我非常喜欢。能见到你这位久未露面的人真是太好了。”

柯蒂斯点点头。

“不过所有的婚礼好像都差不多，是吗？鲜花、燕尾服、白色婚礼服、蛋糕和咖啡。”莉兹放声大笑，“从某种意义上说，这好像显得非常不值得。”

柯蒂斯又点了点头。莉兹看着他。她注意到他的脸色异常苍白。

“柯蒂斯，出什么事了？”

柯蒂斯深吸了口气。莉兹以前还从来没有看到他如此紧张过。“你刚才说得对，小莉齐。婚礼好像是没有什么意义，除非它碰巧是你自己的婚礼。”

“我不太明白。”

“我是来……”柯蒂斯清了清嗓子，“我是来请求你同意……”

“我同意？我同意什么？”

“别打断我的话，莉兹！这已经够难说出口的了，”柯蒂斯说，“我是来请求你同意我和贝蒂结婚。”

“你想和贝蒂结婚？我家的贝蒂？”莉兹结结巴巴地说。

“你也知道，我已经和她约会了整整五年，而且我最近已经认定，我必须成为她的丈夫，”柯蒂斯说，“你是她最亲的亲人，所以我觉得我应该首先来找你。”

莉兹一把搂住柯蒂斯。“我的上帝，柯蒂斯。恭喜你！”

“不过她还没有答应。”柯蒂斯说。

“你认为她会答应吗？”莉兹问。

“我们只能希望她会答应。我们只能希望。”柯蒂斯交叉起手指。他就这样一直交叉着手指，直到两天后贝蒂答应他的求婚。

婚礼定在八月最后一个星期，也就是莉兹本该庆祝自己二十二岁生日后的两个星期。

贝蒂请莉兹当她的伴娘，另一个伴娘是桑迪，两个女孩穿着贝蒂用深黄色山东绸缝制的款式相同的礼服。

婚礼在贝蒂家的花园里举行。应贝蒂的要求，没有一朵鲜花因为他们的结合而受到伤害。

贝蒂流泪了，柯蒂斯流泪了，欧文流泪了，桑迪流泪了，萨迪流泪了，吉恩流泪了，阿道司·根特流泪了。但是莉兹没有流泪。她太高兴了，没有流泪。她在这世界上最喜欢的两个人结婚了，这种事情并不是每天都发生。

婚礼结束后，柯蒂斯演唱了莉兹康复时他为贝蒂写的那首歌。

莉兹走到桑迪身旁，看到桑迪正在吃着一大块结婚蛋糕。

“我第一次见到你时，觉得你看上去像是女王。”莉兹对桑迪说。

“可你还是把我叫醒了。”桑迪说。

“你还记得？”莉兹问，“你当时好像还在睡梦中。”

“让我忘记的事很少，莉兹。我的记忆能保持很久，很久，很久。”桑迪笑了，露出两颗掉了的门牙。

“你的牙齿怎么啦？”莉兹问。

桑迪耸耸肩。“掉了。我们反正已经长不了，对吗？”

“九岁就开始掉牙齿，是不是太早了点？”

“我第一颗牙齿长得比较晚。”桑迪说。

莉兹点点头。“越活越小真是古怪，对不对？”

“倒也不完全对，只是觉得就像所有那些无关紧要的东西正在离去，就像蛇蜕皮一样。”桑迪又咬了一口蛋糕，“长大太过沉重。我现在每天都觉得自己变得更轻松。我有时候觉得自己都能飞起来。”

“你有没有觉得这就像一场梦？”莉兹问。

“哦，不！”桑迪摇摇头，“我们不会又要重新来一次吧？”

莉兹放声大笑。柯蒂斯·杰斯特唱起了机器乐队的一首老歌。“我喜欢这首歌，”莉兹说，“我要去请欧文跳舞了。”

“你去吧，你这沉浸在梦中的女孩。”桑迪笑着又咬了一口蛋糕。

莉兹很快就找到了欧文。

“我一直在找你。”他说。

“我们跳舞吧。”她说，拉着欧文走到了在贝蒂家花园中央临时搭成的舞池。

欧文和莉兹开始跳舞。房间对面的贝蒂举起了手中的香槟酒杯。

“恭喜恭喜。”莉兹冲着她大声说。

“你今天真漂亮，”欧文悄声说，“我喜欢你的礼服。”

莉兹耸了耸肩。“这只是件衣服而已。”

“可这显然比你那潜水服好看多了。”

莉兹哈哈大笑。她闭上眼睛，听着音乐，闻着贝蒂花园里的芬芳。一阵凉爽的清风吹来，莉兹的伴娘礼服贴在了她的腿上，也驱赶了夏季。

她想，不管是好是坏，这就是我的生活。

这就是我的生活。

我的生活。

变化

在莉兹变成七岁的这一年，萨迪重新变成了一条小狗。

随着回归人间的日子越来越近，萨迪的身子也变得越来越小，身上的狗毛变得更加柔软，呼吸变得更加平稳，眼睛也变得更加清澈。她的话越来越少，终于有一天不再开口。在她的牙齿掉光之前，她咬烂了莉兹的几本书。虽然萨迪大部分时间都在贝蒂的花园里打盹，她有时也会非常奇怪地突然精神焕发起来，只想和帕科及吉恩厮打。帕科和吉恩这两条大一点的狗都非常平静地容忍了萨迪这种突如其来的发作。

在回人间前的几个星期里，萨迪变得非常小，简直都不能算是条小狗，跟一只大老鼠差不多。她双眼紧闭，莉兹只好用自己的小手指沾着牛奶喂她。莉兹叫她时，萨迪好像仍然能听懂自己的名字。

在萨迪回归的那天，莉兹和欧文在黎明前就开车把她送到了回归河旁。这是莉兹自六年前那次失败的潜返之后第一次参加回归仪式。

日出时分，风刮了起来。水流带着婴儿向下游奔腾而去，去向人间，越来越快。莉兹久久地看着水流中的萨迪。萨迪变成了一个黑点，然后又变成了一个小斑点，最后消失得无影无踪。

在驱车回家的路上，欧文发现莉兹沉默得有点反常。“你在为萨迪感到难过。”他说。

莉兹摇摇头。她没有流泪，也并不感到特别伤心。不过，她也并不感到高兴。实际上，除了觉得自己的腹部有些紧张（就像她的腹部在变成一个拳头）外，她几乎没有任何感觉。“没有，”莉兹说，“我并不感到难过。”

“那是为什么？”欧文问。

“我并不感到特别伤心，”莉兹说，“因为萨迪已经有段时间不是从前的萨迪了，所以我知道这迟早会发生。”莉兹停顿了一下，想尽量准确地表达出自己的情感。“我的心情非常复杂，有害怕，有高兴，也有激动。”

“所有这些情感都掺和在一起吗？”欧文问。

“是的。我感到高兴和激动，因为我知道我的朋友回到人间的某个地方是件好事。我喜欢想象，一条狗，可能不再叫萨迪，但将永远是我的萨迪。”

“你刚才说你还感到害怕。”

“我担心人间那些照料她的人。我希望他们能好好待她，对她和气，爱她，给她梳毛，给她喂其他东西，而不是那种粗劣的狗食，因为她会厌倦吃相同的东西的。”莉兹叹了口气，“一想到自己会变成一个婴儿，你就会觉得那太可怕、太危险了。会出差错的地方太多了。”

欧文轻轻吻了一下莉兹的额头。“萨迪会没事的。”

“你根本不懂！”莉兹反驳他说，“萨迪也许会落在那些把她整天关在笼子里的人手中，或者落在那些把烟屁股塞进她毛里的人手中。”一想到这里，莉兹的眼泪流了下来。

“我知道萨迪会没事的。”欧文静静地说。

“你怎么知道？”

“我知道，”他说，“因为我愿意相信萨迪会没事。”

莉兹扬起了眉头。“欧文，你有时就知道胡说八道。”

欧文的感情受到了伤害。在剩下的旅途中，他没有再和莉兹说话。

那天晚上晚些时候，莉兹为萨迪哭了起来，哭声吵醒了贝蒂。

“哦，宝贝，”贝蒂说，“要是你愿意，你可以再领养一条狗。我知道那一定不会是萨迪，可……”

“不，”莉兹眼泪汪汪地说，“我不能，我不能。”

“真的吗？”

“我再也不养狗了，”莉兹毫不犹豫地说，“求你以后千万千万不要再向我提起这件事。”

一个月后，莉兹看到一条名叫露西的狗来到另界时，立刻改变了主意。露西十三岁时终于平静地在睡梦中死了，而且死在了莉兹小时候住的房间里。（莉兹的东西多年前就全部被装进了箱子，但露西一直睡在那里。）

莉兹站在岸上，望着露西摇摇晃晃地走下舷梯，看到她有点关节炎，脸上的颜色也灰白了一些。她径直走到莉兹跟前，将她那弯曲的尾巴摇晃了三下，然后把脑袋一歪，用她那鼓起的褐色眼睛抬头斜睨着小莉齐。

“你都到哪里去了？”露西问。

“我死了。”小莉齐用犬语回答。

“对了，我一直尽量不去过多地思考这个问题。我只是假装你早早地去上了大学，没有时间常常回家来看看。”露西那布满皱纹的脑袋上下点了几下，“我们非常想念你，阿尔维、奥利维亚、亚瑟和我。”

“我也想念你们。”莉兹从地上抱起露西，把这沉重的小叭儿狗抱在怀里。

“你长胖了。”莉兹逗她。

“只长了一两磅，也许是三磅，不会超过这个数，”露西回答道，“我自己倒是觉得我稍微胖一点好看一些。”

“Multum in parvo.”莉兹开玩笑说。她说的是拉丁语，意思是“小而全”。这是莉兹家的名言，也是他们最喜欢开的玩笑，因为露西总是想长胖。

“莉兹，”露西抬头望着天空，“是不是在上面了？这就是……天堂吗？”

“我不知道。”莉兹回答。

“显然不是‘下了那里’，对吗？”

“那当然不是。”莉兹笑了。

露西轻轻地闻了闻周围的空气。“这里的味道很像人间，”她得出了结论，“只是稍微带点咸味。”

“你现在能开口真是件好事，”露西悄声对着莉兹的耳朵说，“我有说不完的话要告诉你，每个人和每件事。”

莉兹笑了。“我都等不及了。”

“不过我们先吃点东西，再睡个午觉，起来后洗个澡，再睡一会儿。然后再吃点东西，也许去散会儿步。不过一定得吃点别的东西。”

莉兹把露西放到地上，带着她一起回家。露西一路上喋喋不休地说着。

阿玛多

就在莉兹从家畜科退休的那一天，一个她非常熟悉但从来没有见过的人来到了她的办公室。他看上去与透过望远镜看到的他有些不同。他的眼神非常柔和，但眉头之间的皱纹则更加明显。

“我叫阿玛多·波纳米。”他开门见山，略微带一点海地式的法国口音。

莉兹深吸了口气后才开口。“我知道你是谁。”

阿玛多看到了莉兹退休欢送会留下的气球。“你们有活动，我以后再来吧。”他说。

“这是为我退休开的聚会。如果你以后再来，就再也找不到我了。请进来吧。”

阿玛多点点头。“我最近死于癌症，”他说，“是肺癌。我倒是不抽烟，可我父亲抽烟。”

莉兹点点头。

“我开了多年的出租车，然后读完了夜大，当上了老师。”

莉兹点点头。

“这么多年来，你无法想象我是在怎样的绝望中度过的。我的出租车撞了你，而我却没有把车停下来。”

“你用公共电话通知了医院，对吗？”莉兹问。

阿玛多点点头。他低头看着自己的鞋子。

“我也想过这件事，可能比任何人想得都多，停车大概也无济于事。”莉兹说着把手放到了阿玛多的胳膊上。

阿玛多的眼睛里噙满了泪水。“我一直希望警察能抓住我。”

“那不是你的责任，”莉兹说，“我没有向马路两边看。”

“你一定要跟我说实话。你在这里的生活是不是很糟？”

莉兹把阿玛多的问题想了想后才回答。“不是，我在这里的生活实际上很好。”

“可你一定怀念许多东西。”

“现在回过头来看，反正我的生活不是在这里，就是在别处。”莉兹说。

“你不是在说笑话吧？”阿玛多问。

“如果你觉得这话很好笑，就当它是笑话吧，”莉兹笑了笑，“那么，阿玛多，我能不能问你那天为什么没有停车？我一直想知道。”

“这是不可原谅的，不过我儿子当时正生着病，医疗费高得吓人。如果我没有了出租车，或者如果你父母要求经济赔偿，我不知道我或者我的家人该怎么办。我当时实在没有办法。当然，这不是理由。”阿玛多摇摇头，“你能原谅我吗？”

“我早就原谅你了。”莉兹说。

“可你当时年纪那么小，”阿玛多说，“我夺走了你许多年的美好时光。”

“人生不能仅仅用时间来衡量。重要的不是生命的长短，而是生命的质量。通盘考虑起来，我要比大多数人幸运。在人间生活了将近十六年，已经在这里度过了非常美好的八年。我还要在这里生活八年，然后才会结束一切。如果把这些加在一起，总共将近三十二年，这不算太糟。”

“你现在只有七岁？可你显得非常成熟。”

“我现在的实际年龄是七岁零八个月，这与七整岁不一样。我本来应该是二十四岁的，”莉兹说，“我有时候的确觉得自己正变得越来越年轻。”

“那是种什么样的感觉？”阿玛多问。

莉兹想了想。“就像一分钟前睡着了，一分钟后又醒来了。我有时候会忘事，有时候又担心自己会忘记什么事。”莉兹大笑，“我还记得我第一次真正感到自己变小的那一天。那是我弟弟阿尔维满十二岁的那一天。我在同一年变成了十一岁。”

“这种越过越年轻的感觉一定很怪吧。”阿玛多说。

莉兹耸了耸肩。“有些人变老，有些人变年轻，我觉得这之间的区别已经不再像我以前想象的那么大了。你要不要拿一个气球回去给你儿子？”

“谢谢，”阿玛多说着从莉兹办公桌旁的一大团气球中挑选了一只红色的气球，“你怎么知道我儿子也在这里？”他问。

“我断断续续地一直在观察你，”莉兹承认道，“我知道他是个好孩子，也知道你是个好人。”

童年

欧文六岁，莉兹四岁。

天气好的时候，他们会在贝蒂的花园里待一下午。他带着纸做的王冠，她穿着粉红色的短裙。

天气晴朗了整整两个星期，最后那一天，莉兹把一本老版本的《不老泉》放在欧文的膝盖上。

“你这是干什么？”欧文问。

“是故事书吗？”莉兹甜甜地笑着，露出新长出来的乳齿。

“我可不想看那些你们女孩子看的傻书，”欧文说，“你自己看吧。”

莉兹决定接受欧文的建议。她拿起那本书，在面前摊开。就在这时，发生了最古怪的事情。她发现自己看不了。也许是我的眼睛，她想。她眯起眼睛看着书上的内容，可仍然没有用。

“欧文，”莉兹说，“这本书有点问题。”

“让我看看。”欧文说。他翻开书，看了一下，然后递给莉兹。“这本书没有问题。”他说。

莉兹把书贴到自己的眼睛前，然后又伸直了手臂举着它。她虽然不知道原因，却大笑了起来。她把书递给欧文：“你来试试。”

“好吧，”欧文说，“说实在的，莉兹，你真烦人。”他拿开书签，开始朗读《不老泉》，不过朗读时显然没有任何感情。“‘爸爸觉得这是——这是创造世界的另外一个计划，’杰西说，‘某个没有完全成功的计划，所以一切都变了。只有春天由于种种原因留了下来。也许爸爸说得对，我也不知道。可是你瞧……’”

莉兹打断了欧文。“欧文。”

欧文气呼呼地把书扔到一旁。“又是什么事？你既然要别人念给你听就不应该打断他。”

“欧文，”莉兹继续说道，“你还记得那个游戏吗？”

“什么游戏？”

“我们当时要大得多，”莉兹说，“那时的我很大，而且每天都在长得更大，可我们的脸却从来没有任何变化。”莉兹皱眉，挤出抬头纹做出一副夸张的表情，“那时还有一幢房子和一所学校，还有汽车、工作和狗！那时的我很老！比你还要老！一切都快得像打仗一样，而且非常艰难。”莉兹又笑了，笑声像小鸟欢快的唧啾。

欧文过了一会儿后才回答她。“我记得。”

“我想知道，”莉兹说，“我想知道究竟是什么……那么艰难？”

“莉兹，那只是一个愚蠢的游戏。”

“是一个愚蠢的游戏，”莉兹同意他的话，“我们不要再玩它了。”

欧文点点头。“我们不会再玩它了。”

“我觉得我……我觉得我已经……我已经死了。”莉兹哭了起来。

欧文不忍心看莉兹流泪。他抓住莉兹的胳膊。她的身体现在已经变得很小。这是什么时候发生的？他想。“别害怕，莉兹，”他说，“记得吗，这只是个游戏。”

“好吧，”她说，“我忘了。”

“要不要我继续给你念下去？”欧文拿起书问。

莉兹点点头，欧文开始接着念下去。

“‘可是你瞧，温尼·福斯特，我在一百零四岁前告诉你的都是实话。可我实际上只有十七岁。就我所知，我会一直保持十七岁到世界末日。’”欧文放下了手中的书，“这一章念完了。还要我念下一章吗？”

“求你了。”莉兹说，高兴地把拇指塞进自己的嘴里。

欧文叹了口气，继续念下去。“‘温尼不相信童话故事。她从来没有想过要一根魔杖，从来没有想过要嫁给一个王子，也一直瞧不起她母亲的那些小精灵。于是，她坐在那里，张着嘴，睁大了眼睛，不知道该如何理解这非同寻常的故事。这不可能——绝对不可能——是真的……’”

莉兹闭上眼睛，不一会儿就进入了甜美的、无忧无虑的梦乡。

出 生

一月某个风和日丽的早晨，贝蒂在黎明到来之前把莉兹交给了负责回归的护士。

“你看上去有些面熟，”多莉轻轻接过贝蒂手中的婴儿后说，“我以前见过你吗？”

贝蒂摇摇头。

“这孩子也有些面熟。”多莉举起莉兹，想看得更清楚一些，“我看她长得像你。”

“是的，”贝蒂说，“是的。”

多莉挠了挠莉兹的下巴逗她。“真是个漂亮的宝宝。”她柔声说。多莉把莉兹放到桌上，开始给她裹上布条。

“请你不要裹得太紧。”贝蒂拦住了多莉的手。

“别担心，”多莉和蔼地说，“我以前干过这活儿。”

第二次回人间，来的人比她第一次回归时多得多。

除了贝蒂外，来的人当中还有阿道司·根特。他看上去还是莉兹第一次见到他时的样子，只是现在头发比以前多了一些。

萨莉拎着一个摇篮，里面睡着桑迪。桑迪很快也将开始自己的回归之旅。当然，她的头发现在已经差不多掉光了。

柯蒂斯来了，而且穿了一套黑色礼服，虽然人们习惯在别人出生时穿白色衣服。

当然，欧文也来了，陪伴他的是埃米莉·赖莉（以前是埃米莉·韦尔斯）。埃米莉现在偶尔也当欧文的保姆。她想让欧文把注意力集中到这仪式上来，可他更喜欢玩水塘里的玩具船。“不要跑远了，欧文。”埃米莉大声对他说，然后和其他人一起看着回归的过程。

但欧文没有看。他们把莉兹放进回归河，和所有那天要回归的其他婴儿放在一起。负责回归的护士从岸边把莉兹推入返回人间的水流中。但欧文也没有看。一个不知情的旁观者可能会觉得莉兹的回归好像与欧文没有任何关系。

柯蒂斯·杰斯特一直望着欧文，最后才决定走到他身旁。

“欧文，”柯蒂斯问，“你还记得那是谁吗？”

欧文放下手中玩着的小船，抬起头来望着柯蒂斯。他似乎觉得柯蒂斯的问题非常费解。“是小莉齐？”

“是的，”柯蒂斯说，“那就是小莉齐。她是我朋友。她是你的……她也是你的朋友。”

欧文继续玩着他的船。他开始用孩子们有时念名字的那种毫无表情的态度念叨着莉兹的名字。“小莉齐，小莉齐，小莉齐。”他念叨着。欧文突然不再念叨了，抬起头来望着柯蒂斯。欧文的脸上露出了恐慌的表情。“她……走了？”

“是的。”柯蒂斯说。

欧文点点头。“走了、走了、走了、走了。”欧文开始毫无顾忌地哭了起来，虽然他无法完全肯定自己为什么要哭。柯蒂斯抓起欧文的手，带着他离开了小水塘。

“知道吗？”柯蒂斯说，“有一天你可能会再见到她。”

“那很酷。”欧文止住了眼泪。

停车场那边的贝蒂拍了拍手。“请到我家去，雪茄香槟招待！”

柯蒂斯和贝蒂家的门上挂着一条粉红色的条幅，上面写着白字“是个女孩！”。柯蒂斯给他们散发雪茄，每根雪茄上都系着一条粉红色的丝带。除了香槟和饮料外，还有一个写着“生日快乐，莉兹”字样的蛋糕。

阿道司·根特叉了块蛋糕吃下去，眼泪不由自主地流下来。“生日蛋糕总是让我很伤心。”谁也不知道他这句话是对谁说的。

贝蒂用匙子敲了敲香槟酒杯，大家一起安静了下来。“如果大家不介意，我想说几句，谈一谈莉兹。”她说，“莉兹当然是我外孙女。可如果她没有来到另界的话，我也许永远不会见到她。我在她出生之前就死了。

“莉兹是我外孙女，可她也是我的好朋友。她刚到这里时还只是个女孩，可她长大成了一个出色的女人。她喜欢笑，喜欢和她的那些狗和她的朋友们待在一起。如果莉兹从来没有走进我的生活，我也永远不会认识我的丈夫。”贝蒂抓起柯蒂斯的手。

“在另界，我们自欺欺人地认为我们知道将来会怎么样，仅仅因为我们知道自己还剩下多少时间。我们是知道这一点，可我们从来不知道将来会怎么样。

“我们永远不知道将来会发生什么。”贝蒂说，“可我相信每天都有美好的事情发生。我相信，即使在最坏的时候，也有好事发生。我相信，在今天这样高兴的日子里，我们仍然会有些悲伤。这就是生活，不是吗？”贝蒂举起了酒杯，“为莉兹干杯！”

莉兹的想法

莉兹想，这是非常快乐的生活。虽然她无法记住那些具体的细节，但她能感觉到有些非常美好的事情曾经发生过。她感到自己已经为下一个美好的前景做好了准备。

她望着自己前后左右那些婴儿，注意到他们大多闭着眼睛。他们为什么要闭着眼睛？她心中想。难道他们不知道有那么多东西可以看吗？

莉兹顺河而下。离自己的家越来越远，离另界越来越远，她想到的东西也越来越多。的确，当一个人只是漫长旅程起点处的婴儿时，这个人会有许多时间沉思默想。

她觉得，顺着长和倒着长之间并没有区别。她已经喜欢上了这种越活越年轻的生活，因为这毕竟是她唯一走完的人生旅程。

此外，变成一个婴儿后她也并不感到忧伤。正如另界最有智慧的人所知道的，人变老并不是件坏事。在人间，不顾成熟而企图保持年轻是徒劳的。越活越年轻也不是件令人伤心的事。莉兹有段时间曾经害怕自己会健忘，可等她真的开始容易忘事时，她忘记了曾经害怕自己会健忘。我们这位宝宝在想，生活是仁慈的。

波浪托起无数的婴儿，摇晃着他们进入梦乡。没过多久，我们这位婴儿也进入了梦乡。

她睡着了，她睡着了。

她睡着的时候做了个梦。

她梦到，一个女孩迷失在海上，但最终找到了海岸。

尾声：生命的开始

新生婴儿是个女孩，早晨六点二十四分来到人间。

体重六磅十盎司。

母亲把孩子抱在自己的怀里，问她："你是谁，我的小宝贝？"

这个既是莉兹又不是莉兹的孩子笑了。她用笑，回应她的母亲。

致 谢

如果没有一大群特别标致、善良、可爱的人，各位的手中就不会有本书。我要感谢法拉尔、施特劳斯和吉鲁出版社的编辑亚尼内·奥莫利，永远正确，不知疲倦，妙趣横生。我要感谢我的代理：总是充满希望与真诚的乔纳森·佩卡斯基，以及为我寸土必争的安迪·麦克尼柯。我要感谢英国布鲁姆斯伯里出版社的编辑莎拉·奥德蒂娜，她的热情与信心给本书带来了光明。我要感谢理查德和艾兰·泽文——对我而言，父母是出色的读者不啻为一大幸事。我要感谢我的哈巴狗“德温特太太（D-Dub）”，它每天都想教我说狗话，只可惜我在这方面天资愚笨。我要感谢我过去十年的伙伴汉·卡诺莎，不仅阅读了本书的每一稿，而且始终对本书充满信心。

我还要感谢凯利·巴登、安娜·德罗伊、特蕾西·费歇尔、尤金妮亚·弗尼斯、斯图尔特·吉尔瓦格、南希·格尔登堡、莎娜·凯利、玛丽·劳利斯、布莱恩·斯坦贝格，感谢威廉·莫里斯出版社、布鲁姆斯伯里出版社，尤其是法拉尔、施特劳斯和吉鲁出版社的每一个人。